Sieben Jahre

Der Feind verlässt dich nicht

Samantha Tamer

© 2019 Samantha Tamer

Samantha.Tamer@bluewin.ch

Auflage: Version 1.3

Herstellung und Verlag: BoD- Books on Demand, Norderstedt

ISBN: 9783750493384

Umschlaggestaltung, Illustration: Samantha Tamer

Korrektorat: Rainer Milnikel

Herausgeber: Samantha Tamer

Samantha Tamer Online:

www.samanthatamer.com

https://www.lovelybooks.de/autor/Samantha-Tamer/

https://www.facebook.com/samantha.tamer.author

Instagram: Samanthatamer

Alles, was Maloya nach fünf Jahren Gefangenschaft bei OWL wollte, war ein sicheres, ruhiges Leben, abseits jeglicher Gewalt. Genau das führt sie nun, sieben Jahre später. Jedenfalls denkt sie das. Sie lebt in einer ruhigen Ehe mit Robert West und genießt die Arbeit in seinem Unternehmen West Imports. Dass der Logistikleiter Alexander Rutherford eine gewisse Wirkung auf sie hat, tut sie mit einem Lächeln ab. Zumindest bis zu dem Abend, an dem sie ihn zusammen mit einem ihrer damaligen Entführer im Lager sieht.

Obwohl ihr Mann sie vor Alexanders Machenschaften warnt, beginnt sie, Nachforschungen anzustellen. Bald schon merkt sie, dass auch Robert Geheimnisse hat. Während Alexander, der angeblich um ihre Sicherheit besorgt ist, praktisch alles versucht, um Maloya vom Herumschnüffeln abzuhalten, beginnt sie, an ihrer Ehe zu zweifeln. War sie jemals frei? Und wem der beiden kann sie trauen? Beiden, einem oder keinem?

1.

Maloya, heute

Das verflixte Schloss klemmt schon wieder! Ich rüttle an der Tür, versuche, sie leicht anzuheben, aber nichts passiert. Nach einem letzten sinnlosen Versuch, in dem ich mit der flachen Hand auf den Zylinder schlage, gebe ich auf. Der Schlüssel will sich einfach nicht drehen.

Ich lasse meine Handtasche vor der Tür stehen und gehe durch den spärlich beleuchteten Gang zum Büro der Security. Sie sitzen nur drei Zugänge weiter und es ist garantiert noch jemand dort. Eigentlich sollte der Platz vor dem Überwachungsmonitor immer besetzt sein, aber ich weiß, dass der eine Security ab und an eine Rauchpause einlegt, ohne vertreten zu werden. Natürlich würde ich das meinem Mann nie sagen.

Es erschließt sich mir nach wie vor nicht, weshalb diese armen Männer die ganze Nacht arbeiten müssen, in einem Importunternehmen, mit einem ohnehin versicherten Lagerinventar. Aber so ist mein Mann halt. Er will immer nur das Beste. Für mich. Für die Firma. Einfach für alle.

Nach einem kurzen Klopfen wird mir sofort die Tür geöffnet. Harvey oder Henry begrüßt mich mit einem

Lächeln. Ich bin unglaublich schlecht mit Namen, was angeblich nicht weiter schlimm sein soll, wenn man fünf Jahre lang kaum welche benutzt hat. In dieser Zeit gab es nur Hunderte Namenlose, Grata und mich, Maloya. Gut, da waren auch noch Cabbage und Fifty, aber deren richtige Namen kenne ich eigentlich gar nicht.

«Mrs. West, kann ich ihnen helfen?»

«Gut, dass Sie da sind. Das Schloss der Glastür von meinem Büro bewegt sich schon wieder nicht und bitte, nennen Sie mich Maloya.» Ich werfe ihm einen entschuldigenden Blick zu. Es ist mir nicht wohl, dass ich ihn bei seiner Arbeit störe, wo er doch am Abend die ganzen Monitore allein überwachen muss.

Er dreht sich zu seinem Schreibtisch um und scheint etwas zu suchen. In der Zwischenzeit lasse ich meinen Blick träge über die sechs Monitore streifen. Kaum vorstellbar, dass einer allein so viele Bilder auf einmal analysieren soll. Das scheint mir unmöglich. Gerade als ich mich wieder abdrehen will, um Harvey/Henry zu fragen, wonach er sucht, fällt mein Blick auf Monitor vier.

Er zeigt einen Teil unserer Lagerhalle im nördlichen Teil von El Paso. Dort werden alle von West Imports eingeführten Artikel deponiert, bis sie beim Händler landen. Mitten im Bild steht Lex, der Leiter unserer Logistik-Abteilung. Er ist einer dieser Männer mit einem unverkennbaren Profil, nach denen sich alle Frauen umdrehen.

Bei unseren wöchentlichen Sitzungen, in denen wir die Abwicklung von komplexeren Aufträgen besprechen, bin ich jedes Mal paralysiert, wenn er sich das dunkelblonde Haar aus den Augen streicht. Ich kann nicht abstreiten, dass er eine gewisse Wirkung auf mich hat, die ich jedoch darauf reduziere, dass er ein typischer Schönling ist. Mit seiner Größe, den breiten Schultern und dem sexy Lächeln hat er wohl auf jede Frau diesen Effekt.

Neben ihm tritt ein anderer Mann hinter dem Regal hervor. Er ist bedeutend kleiner als Lex und sein dunkles Haar fällt ihm strähnig über die Schultern. Ein Schauer überkommt mich. Ich presse mir die Hand auf den Mund, um den plötzlichen Ekel zu vertreiben, noch bevor ich wirklich realisiere, was diese Reaktion auslöst. Der Mann dreht sich um, hebt den Kopf kurz und sein vernarbtes Gesicht erscheint selbst auf dem kleinen Monitor viel zu deutlich.

Ich zucke vom Schreibtisch zurück. «Ist alles okay?», fragt mich der Security. Er klimpert mit seinen Schlüsseln, um mir zu zeigen, dass er nun alles hat, was er braucht. Ich nicke abwesend. Während wir auf mein Büro zugehen, fühle ich mich, als ob mir der Boden unter den Füßen weggezogen wurde. Der Mann in der Lagerhalle sah Cabbage, einem meiner damaligen Entführer, zum

Verwechseln ähnlich. Und er spricht in diesem Moment mit Lex. Ob er ein Mitarbeiter von West Imports ist?

Hätte ich in meinem Leben nicht schon tausend Mal zuvor diesen schmerzhaften Adrenalinschub gespürt, wäre ich überzeugt, meine Beine brächen unter mir ein. Mir ist jedoch klar, dass das Zittern und dieses Schwächegefühl nur die Auswirkungen des ausgeschütteten Adrenalins sind. Sie werden wieder nachlassen und mich matt und erschöpft zurücklassen. Im Moment aber versuche ich, ruhig zu atmen, während ich dem Security zurück zu meiner Tür folge.

Er versucht sich selbst am Schloss. Höchstwahrscheinlich glaubt er, dass sich der Zylinder bei ihm wie durch ein Wunder dreht. Der Schlüssel jedoch bewegt sich noch immer nicht. Welch ein Wunder, es lag nicht an der Blondine, die ihn bedient hat. Harvey/Henry zieht die Stirn kraus und scheint das Schloss durch konzentriertes Starren beeinflussen zu wollen.

Langsam werde ich unruhig. Mein Herz pocht mir noch immer bis zum Scheitel. Ich muss unbedingt nach Hause und meine Gedanken sortieren. Hoffentlich kommt Rob, mein Ehemann, bald von seinem auswärtigen Meeting nach Hause. Spätestens wenn ich es ihm erzähle, werde ich mich etwas entspannen können.

Am liebsten hätte ich den Security nach dem Mann auf dem Bild gefragt. Dann kämen jedoch sicherlich Rückfragen, die ich nicht zu beantworten bereit bin. Die Wenigsten aus unserem Umfeld wissen von meiner Vergangenheit. Sie könnten sich nicht mal im Entferntesten vorstellen, woher ich diesen Mann kenne. Niemand will solche Geschichten hören und das kommt mir nur gelegen, denn ich will sie auch nicht erzählen. Will nicht als ehemals drogensüchtiger Schwächling dastehen, denn das ist, was bei den Menschen hängen bleibt.

Der Security gibt auf und versichert mir, dass er über Nacht ein wachendes Auge auf mein Büro wirft. Es gibt darin auch nicht viel zu holen. Ich wickle nur die Aufträge ab und bearbeite Zollpapiere.

Anfangs, als mich Rob in die Firma holte, wurden mir ab und an fiese Notizen an den Bildschirm geklebt. Einige Frauen hier schienen nicht glücklich, dass er nun vergeben war. Noch weniger angetan zeigten sie sich allerdings davon, dass er seine Frau, die noch nicht mal ein College besucht hatte, in seiner Firma arbeiten ließ. Dann bestand er auch noch darauf, dass ich ein Einzelbüro bekomme. Er wollte nicht, dass ich mich erschrecke oder eingeengt fühle, wenn zu viele Menschen im Raum sind. Ja, mein Mann sorgt sich wirklich sehr um mich. Ohne ihn wäre ich nicht da, wo ich heute bin. Genau genommen gäbe es mich gar nicht mehr ohne ihn.

In meinem silbernen Chevrolet Spark angekommen, schließe ich erst mal die Augen. In diesem Moment wünschte ich mir, auf Rob gehört zu haben. Er wollte immer, dass ich einen Jeep oder SUV fahre. Dieses eine Mal jedoch setzte ich mich durch und wählte den Kleinwagen. Er gefällt mir. Mein eigenes kleines Reich. Doch gerade jetzt fühle ich mich darin beengt. Als ob allein die Tatsache, dass die Bilder von Cabbage in meinem Kopf herumschwirren, ihn irgendwie anwesend macht. Ich kann seinen Schweiß praktisch riechen, daher öffne ich die Fenster und fahre los.

Die Rushhour ist so gut wie vorbei und in nur 20 Minuten habe ich die 15 Meilen zurückgelegt und halte in der Garage unseres Hauses am Everest Drive. Robs Wagen steht noch nicht an seinem Platz, das heißt, ich muss mich noch gedulden. Von hier führt eine Tür direkt in unsere großzügige Küche. Sie ist mein Lieblings-Zufluchtsort. Hier tobe ich mich aus.

Die Zutaten für unser Abendessen stehen im Kühlschrank, in den ich sie gestern deponierte. Ich hatte schon lange geplant, heute endlich mal wieder Gumbo zu kochen. Ich beginne damit, den Sellerie zu schneiden, rutsche aber immer wieder mit dem Messer ab. Meine Hände zittern viel zu sehr.

Beruhige dich! Du hast dich sicher nur getäuscht. Wenn er hier mitten in El Paso wäre, hätte ihn die Polizei schon längst geschnappt.

Die erzwungenen, positiven Gedanken vermögen mich jedoch nicht zu beruhigen. Als ich mir beim Schneiden der Zwiebel fast in den Finger hacke, gebe ich es auf und räume die Lebensmittel weg. Ich mache es morgen! Im Prinzip ist jeder Tag gut für Gumbo, mein absolutes Lieblingsessen.

Ich schlucke eine Pille gegen die Kopfschmerzen, die ich garantiert bald haben werde. Dann lege ich mich auf unsere übergroße Couch und versuche, mich zu entspannen. Immer wieder sehe ich das Bild der Überwachungskamera vor Augen und damit bildet sich ganz tief in mir eine neue Frage. Sie bahnt sich ihren Weg durch mein Unterbewusstsein und lässt mir keine Ruhe. Wenn dieser Mann tatsächlich Cabbage wäre, würde das dann bedeuten, dass Grata hier ganz in der Nähe sein könnte? Das heißt, falls sie noch lebt.

Ich liege noch nicht lange dort, als ich höre, wie sich das Garagentor öffnet. Sofort beginnt mein Herz wieder zu rasen, obwohl ich weiß, dass es nur Rob sein kann. Fast fühle ich mich wieder wie damals. Gehetzt und ruhelos. Eine Autotür wird zugeschlagen und kurz darauf tritt er in die Küche. «Loya? Schatz? Ich bin da!», ruft er. Ich erhebe mich aus den Polstern, sodass er mich sehen kann.

Während ich eine schwache Begrüßung hervorpresse, gehe ich zu ihm und lasse mich praktisch in seine Arme fallen. Er merkt sofort, dass etwas nicht stimmt. Seine starken Arme umhüllen mich und geben mir Halt. Seine Körperwärme dringt zu mir. Ich schließe die Augen und lasse mich vom Heben und Senken seiner Brust beruhigen. Hier fühle ich mich sicher und geborgen. Er fragt mich auch nicht, was los ist, sondern wartet, bis ich bereit bin zu erzählen.

Nach einer Weile geleitet er mich zum Sofa und zieht mich auf seinen Schoß. Sofort schmiege ich mich wieder an ihn. Während ich überlege, wie ich ihm die Sache erklären soll, ohne ihn unnötig in Panik zu versetzen, muss ich unweigerlich an Lex denken. Er stand bei diesem Mann und hat mit ihm gesprochen. Wenn es wirklich Cabbage war, ist Lex dann in Gefahr?

Ich muss daran denken, wie es wird, falls ich ihm die Geschichte auch erklären muss. Wir sprechen während unseren Meetings oft über Gott und die Welt, aber etwas so Intimes, wie meine Vergangenheit, habe ich bis heute nicht mit ihm geteilt. Er wäre zwar schockiert, aber wahrscheinlich könnte er damit umgehen. *Vielleicht würde er dich in den Arm nehmen wollen …*

Warum fühlt sich diese Vorstellung so sexuell und verboten an, während ich mich in der Wirklichkeit, auf Robs Schoß, gerade einfach nur getröstet und geborgen fühle? Ich schüttle meinen Kopf, um ihn freizukriegen. Meine blonden Locken bleiben in Robs Bartstoppeln hängen und er wischt sie sich aus dem Gesicht. Dann sehen wir uns in die Augen. Sofort durchfließt mich die Wärme, die das Grünbraun seiner Augen ausstrahlt.

«Robert?» Er nickt. «Ich habe einen von ihnen gesehen.» Seine Mimik erstarrt einen Moment, während er nachdenkt. «Du meinst einen von damals als du ...?» Wir haben es trotz endloser Therapie noch immer nicht geschafft, den Dingen einen Namen zu geben. Ich nicke. «Wo?» Jetzt klingt auch er besorgt.

Ich erzähle ihm die Geschichte von Anfang an und stoße zitternd den Atem aus. Er schweigt lange, bevor er fragt, ob ich mir ganz sicher bin. «Nicht zu 100 %, nein. Aber ich hatte dieses Gefühl, du weißt schon, und wie er aussah ...» Ich breche ab, weil meine Stimme nicht mehr mitmacht. Allein die Vorstellung, dass dieser Irre in der Lagerhalle von West Imports gewesen sein könnte, schnürt mir die Kehle zu.

Robert schweigt und gibt mir damit Zeit, mich wieder zu fassen. Nach einer Weile hebt er meinen Kopf am Kinn und sieht mir direkt in die Augen. «Ich melde das morgen sofort Agent Prawn, zusammen mit den Aufnahmen. Ich will nicht, dass du dich noch mal mit dem Thema befassen musst. Schon gar nicht, solange wir uns nicht ganz sicher sind.» Er wartet, bis ich nicke und fährt dann fort. «In der

Zwischenzeit hältst du dich vom Lager fern. Wenn du von dort Papiere brauchst, lässt du sie dir von Alexander Rutherford bringen. Verstanden?»

«Ja. Im Moment will ich sowieso nicht dahin. Falls ich was brauche vom Lager, gebe ich Lex Bescheid.» Das scheint ihn zu beruhigen. Er wirft mir noch einen letzten, besorgten Blick zu, dann schiebt er mich sachte von seinem Schoß und wir kehren zu unserer allabendlichen Routine zurück.

Wir bestellen uns etwas beim Inder, dann decke ich den Tisch, dass Rob sich in Ruhe duschen kann. Als das Essen ankommt, verteile ich es in schöne Schüsseln und werfe die Aluminiumboxen weg. Normalerweise lege ich Wert auf Mülltrennung, ganz im Gegensatz zu Rob, aber heute habe ich keine Energie dafür. Das Adrenalin ist aus meinen Gliedern gewichen und lässt mich müde und antriebslos zurück.

Als er zurückkommt, beginnen wir zu essen. Das Thema scheint jedoch auch Rob auf den Magen zu schlagen, denn es bleibt weitaus mehr als die Hälfte unberührt. Schweigend betrachte ich meinen Teller, auf dem ich den Reis und das Curry seit einer gefühlten Ewigkeit hin und her schiebe. Ich gebe auf und lege mein Besteck auf das Porzellan. Das Geräusch hallt in unserem großen Wohnzimmer und erinnert mich wiedermal daran, wie still unsere Essen mittlerweile ablaufen. Früher sprachen wir abends oft über die Firma, aber auch das ist irgendwie verblasst. Ehrlich gesagt bin ich heute froh darüber. Mir steht der Kopf nicht nach reden.

Auch Rob legt sein Besteck weg. Ich räume den Tisch ab, wische alle Oberflächen sauber und bringe alles wieder an seinen Platz. Danach gehe ich hoch in unser Schlafzimmer, wo ich ihn schon mit dem Blackberry im Bett vorfinde. Ich dusche und ziehe mich danach im Zimmer an. Dabei bin ich fast ein bisschen froh, dass er mich wie immer keines Blickes würdigt. Heute wäre sowieso nicht der Tag dafür.

Nach dem Zähneputzen steige ich zu ihm ins Bett. «Bist du soweit?», fragt er mich. «Ja, ich bin hundemüde.» Er macht das Licht aus, legt das Telefon weg und zieht mich an sich. Ich genieße das Gefühl seines großen Körpers hinter mir. Auch wenn wir keine leidenschaftliche Ehe führen, so geben wir uns doch Sicherheit und Nähe. Das und zu wissen, dass er immer für mich da ist, bleiben die wichtigsten beiden Stützen in meinem Leben. Sie allein haben mich bis hierhin gebracht.

2.

Maloya, damals im Frühling 2007

Ich liege nun schon eine Ewigkeit auf dieser Liege und warte, bis der Tätowierer endlich sein Telefonat beendet. Nachdem ich zwei Jahre um die Welt gereist bin, habe ich eigentlich genügend Ruhe getankt, um nicht wegen zehn Minuten Wartens ungeduldig zu werden. Vermutlich liegt die Nervosität eher daran, dass ich meine High-School-Freundin Jenny gleich treffe.

Ich bin wahnsinnig gespannt darauf, wie es ihr und den anderen in den letzten Jahren ergangen ist. Wir haben uns zwar immer wieder mal geschrieben, aber das kommt einfach nicht an einen richtigen Mädels-Abend heran. Wenn alles gut läuft und sie pünktlich von der Uni in Houston wegkommt, wird sie in ca. zwei Stunden hier in Juarez sein.

Mit dem Geld meiner verstorbenen Eltern buchte ich uns zwei Zimmer in einem Luxushotel. Das passt vollkommen nicht zum Rest meiner Reise, in der ich eher bescheiden gehaust habe, aber ich will meine Rückkehr ordentlich feiern. Wenn wir erst mal zurück in Dell City sind, warten noch genügend unschöne Dinge auf mich.

15

Dabei frage ich mich, ob es richtig war, das Haus meiner Eltern gleich nach ihrem Tod zu verkaufen. Klar, damals wollte ich die schmerzhaften Erinnerungen nicht behalten, mit denen ich mein einstiges Zuhause plötzlich verband. Jetzt allerdings wäre es mir nur recht, wenn ich einen Ort hätte, an dem ich mich erst mal zu Hause fühlen könnte. Andererseits würde ich sowieso nicht lange in Dell bleiben. Alle meine Freunde sind mittlerweile an Universitäten überall in den Staaten. Das Einzige, das in Dell auf mich wartet, sind Jennys Eltern, die ich schon seit dem Kindergarten kenne, und die eingelagerten Erinnerungsstücke aus dem Haus meiner Eltern.

Irgendwo auf dem Polizeiabstellplatz in Sierra Blanca müsste noch das Autowrack stehen. Vorausgesetzt, es ist nicht schon längst entsorgt worden. Jedenfalls habe ich mich bis heute nicht darum gekümmert, was damit passieren soll. Bei den paar Tausend Menschen, die bei uns im County leben, werden sie den Platz wahrscheinlich kaum anderweitig benötigen.

Der Tätowierer zieht kurz den Vorhang zurück, gibt mir zu verstehen, dass er bald fertig sei und widmet sich wieder dem Anrufer. Aus Langeweile will ich mit meinen Haaren spielen und muss enttäuscht feststellen, dass die neue Kurzhaarfrisur das nicht zulässt. Ich seufze resigniert und gehe geistig meine Optionen für die Zukunft durch.

Meine neue Frisur und das Tattoo sollen die Weltreise abschließen und damit die Ära der Sesshaftigkeit einläuten. Wenn ich nur wüsste, wo. Mit dem Erbe könnte ich überall auf der Welt neu anfangen und jede Studiengebühr bezahlen, egal von welcher Eliteuni. Dafür müsste ich jedoch zuerst wissen, was ich genau studieren möchte. Vielleicht bleibe ich auch erst mal eine Weile in Dell, bei den Eltern von Jenny. Sie haben schließlich klar genug ausgedrückt, dass sie mich gerne für eine Weile aufnehmen. Lange werde ich es in diesem kleinen Farmer-Kaff allerdings nicht aushalten.

Endlich öffnet sich der Vorhang wieder. «¿Estas preparada, bella señorita?», fragt der Tätowierer und sucht etwas auf dem Tisch hinter mir. «Ja, ich bin bereit.»

Ich höre, wie ein Verschluss geöffnet wird und in meinem Bauch kribbelt es angenehm vor Aufregung. Gleich kriege ich mein erstes Tattoo.

Seine Schritte kommen näher und ich versuche, möglichst cool zu bleiben. Ich will nicht wie eine dieser Streberinnen wirken, die in den Uni Ferien hierherkommen und ein Mal im Jahr die Sau rauslassen. Schließlich war ich praktisch überall auf der Welt und habe schon vieles gesehen.

Der Tätowierer tritt hinter mich ans Kopfende der Liege. Plötzlich presst er mir ein Tuch über Mund und Nase. Der beißende Geruch lässt mir sofort Tränen in die

Augen schießen. *Oh mein Gott, was ist das??* Ich kralle mich in seine Unterarme, kratze ihn so tief es nur geht. Ich versuche nicht einzuatmen, aber meine Lunge schreit nach Sauerstoff. *Du musst da runter!*

Verzweifelt hebe ich meine Beine an und will mich neben die Liege fallen lassen. Es ist mir egal, ob die Landung schmerzhaft wird. Er scheint mein Vorhaben zu durchschauen, denn plötzlich umfasst mich eine Hand am Hals, aber es ist zu spät. Mein Oberkörper bleibt, während mein Unterkörper fällt. Ich spüre den Aufprall am Boden schon fast nicht mehr. Fühle nur noch die Hand an meiner Kehle, die mich in der Luft hält. Dann kippt die Welt weg.

3.

Maloya, heute

Der Wecker reißt mich aus meinem unruhigen Schlaf. Ich brummle, drehe mich auf den Rücken und lege meine Hand über die Augen. «Nicht gut geschlafen?» Rob wischt mir die wirren Strähnen aus dem Gesicht. «Nein», brummle ich.

Unser SmartHome-System öffnet die Rollläden und sofort erhellt sich der Raum. Ich kneife die Augen noch mehr zusammen. «Komm schon Loya, steh auf. Ich habe später ein Vorstandsmeeting mit Lex und Cyril und muss mich noch vorbereiten.» Der Gedanke, dass Lex später in unser Bürogebäude kommt, weckt mich auf. Mir ist irgendwie unwohl dabei, solange ich nicht weiß, was er mit diesem Mann zu schaffen hatte. *Er könnte sogar ein Mitarbeiter sein.*

Hastig stehe ich auf, bevor ich weitere Hirngespinste heraufbeschwöre. Ich versuche, mich damit zu beruhigen, dass Rob die ganzen Informationen heute der Polizei weitergibt und ziehe mich an. Als ich in die Küche komme, sitzt er schon am Tisch. Er war so lieb, uns schon Teller und Gläser aufzutischen. «Ich habe Kaffee gemacht, Liebling.»

«Danke Rob. Auch für gestern Abend.»

«Versprichst du mir, dass du nichts wegen dem Mann von gestern unternimmst?» Ich halte einen Moment inne und sehe ihn an, um ihm glaubhaft zu versichern, dass ich nichts Dummes mache. Er scheint wirklich besorgt zu sein, aber er gibt sich mit meinem Versprechen zufrieden und wendet sich wieder der El Paso Times zu.

Ich bringe Wasser zum Kochen, schiebe meine zwei Brotscheiben in den Toaster und mache Eier Benedikt für ihn. Sobald er weg ist, werde ich noch eine Scheibe Toast essen. Vielleicht auch zwei und bei einer lasse ich dann einfach die Butter weg. Eigentlich würde ich die Butter besser komplett weglassen, aber das schaffe ich einfach nicht. Nachdem ich fünf Jahre lang nicht essen konnte, was und wann ich wollte, bin ich heute extrem gierig. Das erklärt vermutlich auch, weshalb ich etwas zu viel auf der Hüfte habe. Es ist nicht wahnsinnig viel und Rob beteuert immer, dass es ihn nicht stört, aber dennoch wäre es nicht schlecht, acht bis zehn Pfund weniger auf die Waage zu bringen.

Wir essen zusammen unser Frühstück und Rob fährt gleich darauf los. Ich bleibe noch hier, um die Küche zu machen. Dabei schiebe ich mir noch mal eine Scheibe Brot in den Toaster. Mittlerweile hat meine Panik von gestern nachgelassen. Nun bin ich eher nervös und immer, wenn ich nervös bin, esse ich. Das ging mir schon so, als meine

Eltern noch lebten. Vor meinem ersten Date zum Beispiel. Ich hatte so viel Süß-Kram verdrückt, dass ich mich im Kino übergeben musste. Es war unglaublich peinlich und zwar nicht die Art von peinlich, die einen zusammenschweißt und über die man Jahre später noch lacht. Eher so peinlich, dass er mich im Kino wie eine Fremde behandelte, als er sich erkundigte, ob es mir gut ginge. Danach drehte ich mich auf den Fersen um und lief davon. Wir wechselten nie wieder ein Wort.

Nachdem die Spülmaschine läuft, mache ich mich auf den Weg zum Büro. Bei meiner Tankstelle halte ich kurz und hole mir einen Donut. Nur für den Notfall! Versteht sich! Vielleicht überlebt er ja bis zum Mittag.

Als ich mit meinem Chevy ins firmeneigene Parkhaus fahre, steigt in mir wieder das beklemmende Gefühl auf. Die Parkplätze sind praktisch alle voll, aber ich sehe keine Menschenseele weit und breit. Dadurch, dass ich Rob immer erst Frühstück mache, bin ich in der Regel später dran als der Rest.

Bevor ich den Wagen verlasse, sehe ich mich nach allen Seiten um. Es scheint wirklich niemand hier zu sein. Ich schnappe mir meinen Donut und gehe schnellstmöglich zu den Aufzügen, ohne dabei panisch zu wirken. Ich genieße das kalte Metall des Bedienpanels unter meinen Fingerkuppen. Sobald sich die Türen hinter mir schließen, nehme ich ein paar bewusste Atemzüge und versuche, mich zu beruhigen.

Es fühlt sich an, als wäre das vor sieben Jahren ein anderes Leben gewesen und dennoch werde ich so schnell wieder zurückkatapultiert. Plötzlich fühlt sich all die mühsam gewonnene Sicherheit falsch an. *Beruhige dich. Sie hätten heute gar kein Interesse mehr an dir. Du bist zu alt und ausgesagt hast du bei der Polizei auch schon. Es gibt keinen Grund, weshalb sie dir noch etwas tun sollten.*

Mit einem Ping kommt der Fahrstuhl in meinem Stockwerk an und die Türen gleiten auf. Ich betrete den Flur und sehe mich auch hier wieder um. Eine alte Angewohnheit, die ich eigentlich verloren glaubte. Immerhin könnte ich sowieso nicht viel ausrichten, wenn tatsächlich jemand von damals hier wäre.

Ich höre noch einmal in die Stille hinein und schüttle leicht den Kopf. So ist es hier immer, wenn Rob sich mit Lex und Cyril trifft. Sobald die komplette Geschäftsleitung hier ist, machen sich alle aus dem Staub. Ein bisschen verstehe ich es auch. Wenn Cyril Heavering kommt, mache auch ich mich gerne rar. Er scheint jedoch noch nicht da zu sein, ansonsten würde man seinen säuerlichen Körpergeruch, gekoppelt mit abgestandenem Zigarettenrauch, schon im ganzen Gebäude riechen.

Eine Hand legt sich auf meine Schulter und ich zucke unmittelbar zusammen. Zischend atme ich ein und presse mir dabei die Hand aufs Herz, um das Rasen irgendwie unter Kontrolle zu bringen. «Sorry, ich wollte dich nicht erschrecken.» Ich erkenne seine Stimme sofort. Es ist Lex.

Er lässt seine Hand auf meiner Schulter und fährt sachte damit auf und ab, was mich tatsächlich sofort beruhigt. Zumindest, bis ich mich zu ihm umdrehe und schlagartig wieder die Bilder der Überwachungskamera vor Augen habe.

«Maloya, geht es dir gut?», fragt er mit Nachdruck. Ich blicke in seine stechend grauen Augen und sie kommen mir das erste Mal kalt vor. Während unserer wöchentlichen Meetings fiel mir das nie so bewusst auf. Natürlich habe ich das gesehen, was alle Frauen sehen: Alexander Rutherford ist ein schöner Mann. Jede Frau hier schwärmt von seinem starken Körper und dem rauen, kantigen Gesicht, in dem sich immer wieder Strähnen seines Haars verirren, aber das hat für mich keine Bedeutung. Seit dem Tag vor 12 Jahren in Juarez interessiere ich mich schlicht nicht mehr für solche Dinge.

Seine beruhigende Geste setzt sich gegen die Erinnerungen von gestern durch und tatsächlich fühle ich mich ein bisschen wohler, während seine warme Hand noch immer auf meiner Schulter liegt. Ich räuspere mich. «Tut mir leid. Ich war in Gedanken. Dich trifft keine Schuld.»

Er wirkt überzeugt. Ich wende mich ab und verschwinde eiligst in meinem Büro, das direkt gegenüber dem Aufzug liegt. Am liebsten würde ich mir mit den Händen übers Gesicht fahren, aber Lex beobachtet mich noch durch die Glasscheibe, bevor er in Richtung Robs Büro verschwindet.

Während mein Computer hochfährt, koche ich Tee auf. Ich muss mich dringendst beruhigen. Es gibt keinen Grund nervös zu sein. Selbst, wenn das gestern wirklich Cabbage war, muss das noch längst nicht heißen, dass Lex etwas mit seinen Machenschaften am Hut hat. Ich reagiere eindeutig über. Hoffentlich merkt Rob nichts davon, es würde ihm nicht gefallen.

Nach dem Tee – und zugegebenermaßen auch dem Donut – kann ich mich endlich auf meine Arbeit konzentrieren. Gestern wurden von Rob persönlich einige Artikel in Mexiko bestellt, für die ich die Zollvorschriften noch nicht kenne. Es dauert eine Weile, bis ich mich durch die ganzen Unterlagen des CBPs (U.S. Customs and Border Protection) gearbeitet habe und sich meine Befürchtung bestätigt, dass der Lieferant genauer deklarieren muss, als er angekündigte. Das werde ich Rob wohl sagen müssen, sobald ihr Meeting vorbei ist.

Kurz vor der Mittagspause sehe ich, wie Rob zu den Aufzügen geht. Ich will ihm hinterher, weil er unbedingt noch mit dem Lieferanten sprechen muss, schaffe es aber nicht rechtzeitig. Kurz danach verlässt auch Cyril die Etage, daher wundert es mich nicht, dass Lex ein paar Minuten später zu mir ins Büro tritt. «Hey. Sorry noch mal wegen heute Morgen. Geht es dir wirklich gut?»

Ich muss ein Seufzen unterdrücken. Nachdem ich Rob gestern Abend meine Beobachtung erzählt habe, wünschte ich mir, er würde hier stehen und mich das fragen. Klingt irgendwie lächerlich, weiß ich! Er ist nicht mein Kindermädchen. Dennoch macht es mich traurig, dass Lex hier steht und sich wegen nichts sorgt, während Rob davonspringt, ohne kurz seinen Kopf in mein Büro zu stecken und mich zu fragen, wie es mir geht.

Was haben dir die Therapeuten damals gesagt? Nur du kannst dir selbst helfen. Vermutlich sollte ich die ganze Sache selbstständiger angehen. Das würde Rob sicher auch stolz machen. Ich atme einmal tief durch. «Ich wollte dich etwas fragen wegen gestern.»

Er legt den Kopf schräg, was mich wohl zum Sprechen auffordern soll. «Ich habe gestern nach Feierabend gesehen, wie du mit einem Mann durch die Lagerhalle gelaufen bist.»

Er dreht den Bürostuhl gegen über meinem Tisch so, dass er sich auf der Lehne abstützen kann. «Er hatte lange dunkle Haare und trug eine schwarze Lederjacke. Weißt du, wen ich meine?»

Lex scheint überhaupt nicht darüber nachzudenken und sagt sofort: «Sorry, das sagt mir nichts. Gestern war verdammt viel los. Die Ware vom Freitag hat sich verspätet und dann hatten wir alle Hände voll zu tun. Vielleicht war es der Chauffeur eines Spediteurs oder so. Weshalb fragst du?»

«I-I-Ich … dachte, ich kenne ihn vielleicht.»

«Sorry, da kann ich dir wohl nicht weiterhelfen. Aber was anderes: Wann wolltest du dich eigentlich bei mir entschuldigen?» Was? Hat Rob etwa schon mit ihm gesprochen? Ich rutsche unruhig auf dem Stuhl hin und her, bevor ich frage: «Weswegen?» Ich hätte das Ganze eindeutig meinem Mann überlassen sollen. Er bat mich sogar noch, nichts zu unternehmen. Alles, was ich erreicht habe ist, dass ich mich jetzt nur noch unwohler fühle als zuvor.

In diesem Moment heben sich Lexs Mundwinkel zu seinem typischen Grinsen an, das unsere weibliche Belegschaft immer zum Lechzen bringt. «Na du warst bei uns im Lager und bist nicht mal bei mir vorbeigekommen, um Hallo zu sagen? Du bleibst doch sonst auch auf eine Tasse Kaffee.»

«A-Ach so. Nein, ich war nicht dort», stammle ich und dann erkläre ich ihm, wie ich ihn tatsächlich gesehen habe. Wir witzeln noch ein bisschen gemeinsam, aber es vermag mich nicht darüber hinwegtäuschen, dass er behauptet, sich, ohne wirklich darüber nachgedacht zu haben, nicht an den Mann von gestern Abend zu erinnern.

Nachdem Lex weg ist, kann ich mich kaum noch auf meine Arbeit konzentrieren. Es geht mir einfach nicht in den Kopf, dass es ihm kein Begriff sein soll. So brauche ich auch viel länger als gewöhnlich, bis ich alle neuen Auftragspapiere abgearbeitet habe. Kurz nach sechs winken mir die beiden Praktikanten aus der Buchhaltung, während sie auf den Fahrstuhl warten.

Ich sehe in die zwei Büros gegenüber, aber es brennt kein Licht mehr. Vermutlich sind mittlerweile alle gegangen. Da Rob auch nicht mehr zurückgekommen ist, fühle ich mich plötzlich ziemlich verlassen auf der Etage. Wenn ich könnte, würde ich meine Tür von innen abschließen, nur damit ich mich etwas wohler fühle. Um dieses Thema sollte ich mich sowieso am besten gleich kümmern.

Nach meinem Klopfen an der Tür der Security öffnet mir ein Unbekannter. Harvey/Henry scheint heute keinen Dienst zu haben. Ich stelle mich vor und erkundige mich, wann der Hausdienst sich um meine Tür kümmern will. Natürlich versucht auch er sich wieder an meiner Tür. Während wir sprechen, kann ich die Augen nicht von den Monitoren hinter ihm lassen. Auf einem Großteil davon sieht man die Lagerhalle, in der noch immer relativ viel los ist. Plötzlich setzt sich diese Idee in meinen Kopf.

27

«Bevor wir zu meinem Büro gehen, hätte ich noch eine andere Frage. Es ist mir etwas unangenehm.» Beginne ich, mache große Augen und ziehe die Schultern nach vorne zusammen, was mich hoffentlich aussehen lässt, als wollte ich mich kleiner machen. Keine Ahnung, ob das mit 32 noch immer funktioniert, damals hat es das jedenfalls. «Ich habe gestern meine Strickjacke liegen lassen, weiß aber nicht wo. Sie war ein Geschenk von Robert.» Scheues Lächeln. «Vielleicht habe ich sie in der Lagerhalle vergessen. Könnten wir nicht bitte kurz auf den Videos nachsehen, ob sie gestern Abend noch beim Tor F hing?»

«Selbstverständlich Mrs. West.» Ich strahle ihn an und bitte ihn, mich beim Vornamen zu nennen. Er soll sich mit mir verbündet fühlen. Rob wäre sicher nicht glücklich, wenn er ihn nach einer geschenkten Strickjacke fragt, die es eigentlich nicht gibt. Schließlich habe ich ihm versprochen, nicht nachzuforschen und mich auf keine Weise zu gefährden. Was ich auch tun würde, hätte ich nicht das Gefühl, damit immer nur an Ort und Stelle zu treten.

Ich sehe ihm zu, wie er in einem Programm auf das Datum von gestern klickt und in der Leiste links davon die Zeit anwählt. Das Bild von gestern Abend um sieben erscheint und ich bitte ihn, noch etwas zurückzuspulen. «Ich sehe mir das kurz an. Wenn Sie wollen, können Sie in der Zwischenzeit nach meiner Tür sehen.»

Als er das Büro tatsächlich verlässt, bin ich doch etwas erstaunt. Ob er weiß, dass er niemanden unbewacht hier drin lassen darf? Egal, davon werde ich Rob ganz sicher nicht erzählen.

Ich muss nicht lange suchen, bis ich die zwei aus Lexs Büro kommen sehe. Mein ganzer Körper versteift sich, während mein Herz rasend schnell Adrenalin durch mich pumpt. Alles an diesem Mann erinnert mich an Cabbage. Leider sieht er auf dem Weg zum Tor nicht einmal richtig zur Kamera hoch. Sein narbendurchzogenes Gesicht würde ich mein Leben lang wiedererkennen. Der kurze Moment, in dem er den Kopf hebt, lässt zwar Narben erahnen, aber ich muss zugeben, so deutlich, wie ich es gestern noch fand, ist das Bild nicht. Am Tor angekommen, schlagen sich Lex und er kumpelhaft gegen die Schulter, dann trennen sie sich. Lex geht zurück zu seinem Büro und der Mann verlässt die Halle durch das Tor. Wie um alles in der Welt sollte Lex sich nicht an ihn erinnern können? Das ist einfach unmöglich.

Auf der Leiste rechts vom Datum sind Abkürzungen aufgeführt, die auch auf allen der Livemonitore angezeigt werden. In der Hoffnung, dass vielleicht eine der Kameras außen am Gebäude sein Gesicht aufgenommen hat, sehe ich die Livemonitore durch. Es gibt offenbar nur eine Kamera, die vom Tor F aus Richtung Mitarbeiter-Parkplätze filmt, aber keine, die aufs Tor gerichtet ist.

Zumindest nicht auf den Bildschirmen hier. Also wähle ich die passende Abkürzung an und spule noch mal ein paar Sekunden vor. Tatsächlich sehe ich, wie er das Gebäude verlässt und auf dem Parkplatz in einen roten Sedan steigt. Nur sein Gesicht bleibt auch hier verborgen, da er nie hochsieht.

Jetzt stellt sich nur noch eine Frage: Soll ich erst noch mal mit Lex sprechen oder es Rob vorher erzählen? Bei genauerem Betrachten kommt Nummer zwei für mich gar nicht infrage. Ich will nicht, dass der Security meinetwegen Ärger bekommt. Nach dem Gespräch mit Lex werde ich noch mal mit Rob reden. Da geht mir auf, dass er vermutlich heute Nachmittag nicht hier war, weil er meinetwegen zum FBI gefahren ist. Das Gefühl, dass ich mich wenigstens auf ihn immer verlassen kann, wärmt mich ein bisschen.

Ich wechsle wieder auf die andere Kamera und stehe vom Bürostuhl auf. Ein letztes Mal lasse ich mein Blick über die Monitore streifen, als mir plötzlich etwas auffällt. Der rote Sedan steht auch heute auf dem Mitarbeiterparkplatz vor dem Lager.

4.

Maloya, Frühling 2007

Ich wache auf, weil die Haut an meinem Hals brennt. Träge hebe ich meine Hand und lege sie auf die Stelle. In dem Moment als meine Finger auf meinen Hals treffen, zucke ich vor Schmerz zusammen. *Warum tut mein Hals so weh?*

Erst ein paar Sekunden später nehme ich den schimmlig feuchten Geruch in der schwülen Luft wahr. So riecht definitiv kein Luxushotel. Nicht mal die Absteigen, in denen ich sonst teilweise übernachtet habe, riechen so. Ich öffne langsam die Augen, bedacht darauf, dass nicht zu viel Helligkeit auf meine Netzhaut triff, denn mein Schädel brummt. Die Sorge war allerdings unnötig. In diesem Raum gibt es kaum Licht. Die Glühbirne in der Ecke vermag den Raum nur schwerlich zu erleuchten. *Was habe ich gestern Abend alles getrunken?*

Vorsichtig stütze ich mich auf meinen Ellbogen und sehe mich im Raum um. Sofort wird mir schlecht. Die Matratze, auf der ich liege, hat Flecken in allen Formen und Farben. Sie sieht so aus, wie es hier drinnen riecht, nach allen möglichen Körperflüssigkeiten.

Es dauert eine Weile, bis ich endlich sitzen kann. Sobald ich mich zu schnell bewege, lehnt sich mein Magen direkt auf. Ich beschließe, noch ein paar Minuten zu ruhen, bevor ich mich an der Tür bemerkbar mache.

Wie viel so eine Nacht in einer mexikanischen Ausnüchterungszelle wohl kosten mag? Bei der Einrichtung hier können die ja wohl kein Vermögen verlangen. Obwohl, von einer Amerikanerin wahrscheinlich schon.

Ich will gar nicht wissen, was für Organismen diese Matratze neben mir noch beherbergt. Jedenfalls juckt und brennt mein Hals seit ich aufgewacht bin. Sicher ein Ausschlag, aber sobald ich kratzen will, schmerzt es, deshalb lasse ich ihn lieber. Vielleicht hat Jenny eine beruhigende Hautcreme in der Tasche. Hoffentlich ist sie nicht auch irgendwo hier gelandet. Wo waren wir überhaupt? In einem Club?

Als mir endlich nicht mehr ganz so schwindlig ist, stehe ich auf und klopfe an der Tür. Eine Weile tut sich nichts, also versuche ich es mal am Türknauf, aber natürlich bewegt er sich nicht. Diesmal schlage ich gegen die Tür und rufe laut: «Hallo, können Sie mich hören?» Nichts. Dann halt mit meinem schlechten Spanisch: «Hola. ¿Puede oírme alguien?» Noch immer keine Antwort. Anscheinend wollen sie mich schmollen lassen.

Ich setze mich wieder auf die eklige Matratze, weil es mir dort immer noch wohler ist, als auf dem feucht glänzenden Boden. Die Welt um mich herum schwankt noch immer leicht, wenn ich mich bewege.

Nach einer Weile durchsuche ich meine Hosentaschen nach einem Hinweis, wo wir gestern gewesen sein könnten, finde jedoch nichts. Da ist nicht mal ein Stempel auf meinen Handgelenken. Irgendwann nicke ich wieder ein.

Das zweite Mal erwache ich, weil die Tür geöffnet wird. Nachdem mich das Licht aus dem Gang nicht mehr blendet, kann ich den eingetretenen Mann mustern. Er trägt keine Polizeiuniform, sondern eine schwarze Lederjacke und eine zerschlissene Jeans, die vermutlich auch mal schwarz war.

Fuck! Das ist keine Ausnüchterungszelle!

Auf seinem komplett vernarbten Gesicht entsteht so was wie ein Lächeln. Es sollte wohl beruhigend wirken, löst in mir aber nur Panik aus. Sofort springe ich auf, schwanke dann jedoch erst mal. «Keine Sorge», sagt er und kommt auf mich zu. Seine Gesichtshaut ist extrem vernarbt und sieht aus wie ein Kohlblatt. Unweigerlich trete ich ein Stück zurück. Mit dem Rücken an der Wand sehe ich ihm zu, wie er auf mich zukommt. Eigentlich müsste ich ihn fragen, was das hier soll und meine Freiheit fordern, aber es kommt kein Wort über meine Lippen. Mein ganzer Körper ist erstarrt.

Ich rieche ihn, lange bevor er direkt vor mir steht. Es ist Schweiß, Urin und abgestandener Rauch. Eine Mischung, die mein Magen heute nicht verträgt. Ich kann mich gerade noch nach links abdrehen, bevor ich mich über der Matratze übergebe. Jetzt weiß ich zumindest schon mal, woher ein Teil der Flecken kommt. Während ich noch immer würge, streichelt er mir mit seiner verschwitzen Pranke übers Haar. Zumindest sind sie jetzt kurz geschnitten und kommen nicht in die Quere.

«Geht es wieder?» Er spricht Englisch. Ich hebe den Blick und sehe in seine glasigen Augen. Sie sind leicht gerötet. *Ob er Drogen genommen hat und wenn ja, welche?* Noch immer liegt seine Hand unangenehm auf meinem Kopf. Ich nicke. «Wo bin ich hier?»

«Das wird für eine Weile dein neues Zuhause.»

«Mein was?! Lassen Sie mich gefälligst hier raus! Ich will nicht hier sein!» Endlich hat sich meine Zunge gelöst. «Sie müssen mich sofort hier rauslassen. Ich werde in den Staaten erwartet!» Mühsam versuche ich, meinen schnellen Atem zu beruhigen, damit mein Kopf nicht so schlimm dröhnt.

Mein verbaler Wutausbruch platzt kalt an ihm ab, was mich endgültig zum Rasen bringt. Ich schubse ihn, so fest ich kann, und will um ihn herumrennen, aber er zieht mich am Arm zurück. Seine Finger graben sich in meinen Oberarm und ich schreie auf. «Au! Verdammt! Lassen Sie mich los.»

«Widerspenstig was? Macht nichts Puta, ich liebe das.» Er zieht mich noch näher zu sich, bis meine Brust gegen seine Schulter gepresst wird. Ich versuche den Oberkörper nach hinten wegzuneigen. «Ich werde mich gut um dich kümmern.» Sein Englisch ist gut, seine Aussprache verrät ihn jedoch als Mexikaner.

Er legt seine freie Hand auf meine Hüfte, was mich dazu bringt, noch mehr an seinem Griff zu zerren. Tränen treten mir in die Augen, weil er so sehr zudrückt. Ich stampfe mit meinem Fuß auf seinen und für einen Moment lässt er mich tatsächlich los. Keine Sekunde später wirft er mich jedoch zurück gegen die Wand. Von dort, wo mein Kopf aufgeprallt ist, geht ein Ziehen über meine Kopfhaut. Meine Sicht verschwimmt kurz, bevor ich mich wieder einigermaßen sammeln kann.

Ich spucke ihm ins Gesicht und ein Teil davon tropft auf mich zurück, weil er mir so nahe ist. Plötzlich lacht er laut. Ein unangenehmer Schauer geht über meinen Rücken, während der grausame Ton von den Wänden zurückhallt. «La Puta se defiende», ruft er, woraufhin ein zweiter Mann in die Zelle kommt. Er ist gekleidet wie Fifty Cent, trägt übergroße Hip-Hopper-Hosen und einen riesigen Hoodie. Ich schätze, er ist etwa in meinem Alter.

Ich habe zwar keine Hoffnung, versuche es dennoch. «Helfen Sie mir! Bitte!» Auch er lacht. In dem Moment presst mich Cabbage, der Vernarbte, mit seinem ganzen Körper an die Wand. Ich fühle seine Erektion an meiner Hüfte und muss mich beherrschen, nicht schon wieder zu würgen. Seine Zunge schlabbert in meinem Ohr rum und ich ziehe den Kopf zur Seite. Eine weitere Hand nimmt meinen rechten Arm. Vermutlich Fifty Cent.

Während ich immer wieder meinen Kopf vor Cabbages Zunge in Sicherheit bringe, vergesse ich den Griff um meinen rechten Arm völlig. Daher kreische ich erschrocken auf, als sich plötzlich etwas Spitziges in mich bohrt. Ein Brennen zieht sich von meinem Arm hoch bis zum Hals und sofort fällt mein Kopf zurück an die Wand. Ich vermag ihn kaum noch zu halten. «Was …?» Meine Zunge fühlt sich unglaublich schwer an. Einen Moment befürchte ich zu ersticken, dann brechen meine Beine unter mir weg.

5.

Maloya, heute

Ich decke Robs Eier Benedikt mit einem Pfannendeckel zu, in der Hoffnung, dass sie nicht ganz kalt werden. Ganz leise höre ich seine Stimme aus dem Arbeitszimmer. Er telefoniert noch immer.

Als ich ihn über meine kleine Detektivarbeit in Kenntnis gesetzt habe, war ich überzeugt, er würde es nicht gut aufnehmen. Wo er sich doch immer solche Sorgen um mich macht. Daher fühle ich mich richtig beschwingt, dass er die Nachricht so positiv aufgenommen hat.

Natürlich tut es mir leid für den Wachmann und Lex, die ich damit irgendwie belaste, aber ich brauche Gewissheit. Falls dieser Mann wirklich Cabbage ist, könnte man ihn nicht nur endlich seiner gerechten Strafe zuführen, sondern vielleicht auch Grata finden.

Ich wurde damals mit 25 aussortiert und ich bin mir ziemlich sicher, dass Grata nun etwa im gleichen Alter sein muss. Nur in meiner Vorstellung ist sie noch immer das verängstigte Mädchen, dass sich problemlos hinter meinem ausgehungerten Ich verstecken konnte. Vielleicht

37

könnte man sie tatsächlich finden, wenn einer von diesen Schweinen verhaftet würde.

Die Tür des Arbeitszimmers geht auf und Rob kommt wieder in die Küche. «Maloya?» Ich hasse es, wenn er meinen ganzen Namen sagt. Es bedeutet meistens nichts Gutes. «Ich habe Alexander noch mal ins Gewissen geredet. Anscheinend wusste er erst nicht, von wem die Rede war. Er hat nun die Aufnahmen gesehen und hat den Mann als einen unserer Logistikmitarbeiter erkannt.»

Er kommt auf mich zu und sieht mich dabei eindringlich an. «Ich habe die Neuigkeiten Agent Prawn gemeldet. Er will, dass du dir wirklich hundertprozentig sicher bist. Bist du das?» Mit dem Zeigefinger hebt er mein Kinn an, sodass ich ihm in die Augen sehen muss.

«Nein, ich bin mir nicht zu 100 % sicher. Ich müsste sein Gesicht sehen. Die Kameras sind alle an den Decken befestigt und er hat nie richtig nach oben gesehen. Können wir heute zusammen zum Lager fahren?»

«Ach Liebling, ich wünschte das ginge, aber wir sind noch immer mitten in der Budgetphase für das nächste Jahr und der neue Großauftrag kostet mich auch einiges an Zeit.»

«Aber Rob, wenn er es wirklich ist …» Ich lege beide Hände vor den Mund, weil die Vorstellung für mich unerträglich ist. Jede Minute, die wir damit vergeuden, darüber zu sprechen, leiden irgendwo Frauen in

Gefangenschaft. Aber auf diese Weise werde ich nicht zu ihm durchdringen. Er war schon immer besorgt, dass ich mir das Schicksal der anderen zu sehr zu Herzen nehme. Selbst von den Therapeuten wurde mir immer wieder gesagt, dass viele Opfer, die sich befreien konnten, mit Schuldgefühlen zu kämpfen hätten. Es sei nicht leicht, andere zurückzulassen, um sich selbst zu retten. Dabei ging es nie darum.

Ich hatte damals keine Wahl, bis zum Schluss nicht. Aber ich habe heute eine. Ich bin es den Frauen schlicht und einfach schuldig, alles in meiner Macht Stehende zu versuchen, um ihnen ein Leben in Freiheit zu ermöglichen. Das hat nichts mit Schuldgefühlen zu tun. Es ist eine Pflicht der Gesellschaft, von der ich selbst einfach am besten weiß, wie wichtig sie tatsächlich ist.

«Rob, wenn du keine Zeit hast, dann lass mich mit Lex hingehen. Oder besser noch, mit einem der Securitys, damit er nicht flüchten kann, sollte er mich erkennen.»

«Ich will keinen Aufruhr in der Halle, dafür haben wir schlicht keine Zeit seit dem kurzfristigen Großauftrag. Ich spreche mit Alexander und der Security. Es können sicher unauffällig zwei, drei Männer draußen positioniert werden.» Er stellt den Teller mit seinem mittlerweile kalten Frühstück auf den Küchentresen und gibt mir einen Kuss. «Wenn etwas ist, rufst du mich an. Ja, Liebling?» Mir fällt ein Stein vom Herzen, denn zwischenzeitlich war ich mir nicht mehr sicher, ob er mich in dieser Sache ernst nimmt. Ich murmle ein Ja und ziehe ihn für einen längeren Kuss zu mir runter. Ich brauche dringend seine beruhigende Nähe und den Geruch seines Aftershaves. Er lässt sich darauf ein und drückt mich an sich, was mich seufzen lässt. Dann ist es auch schon wieder vorbei und wir gehen zum Alltag über.

Rob fährt zur Arbeit, ich esse meine heimliche Portion Toast und mache mir noch einen Kaffee mit viel Zucker. Nachdem ich alles gegessen und aufgeräumt habe, suche ich in der Garage nach unseren Wintersachen, die wir eigentlich nur für den jährlichen Skiurlaub hervorholen. Über eine halbe Stunde später habe ich einen dünnen Schal um meinen Hals gewickelt und prüfe das Ergebnis. Man sieht fast nichts mehr von der Narbe. Wenn er mich also wiedererkennen würde, dann nur wegen meines sonstigen Aussehens. *Mach dir nichts vor, du warst sein Liebling. Er würde dich immer und überall wiedererkennen.*

Ich schlucke ein paarmal gegen die aufsteigende Übelkeit an. Vielleicht hätte ich Rob sagen müssen, dass Cabbage nicht einfach einer von vielen war und, dass er mich vermutlich erkennen würde, bevor ich ihn richtig gesehen hätte. Aber schlussendlich waren das Details, die Rob nie hören wollte. Verständlicherweise, wer würde denn schon im Detail hören wollen, was seiner Frau in Gefangenschaft alles angetan wurde.

Sobald ich im Büro bin, versuche ich, mich mit der Arbeit abzulenken. Dank des neuen Auftrags gibt es auch für mich mehr als genug zu tun. Den ganzen Morgen über warte ich auf einen Anruf von Rob oder Lex, aber das Telefon bleibt still.

Für die Mittagspause habe ich mir etwas Essen von gestern Abend eingepackt, aber der Hunger will nicht kommen. Ich bin längst nicht mehr nervös und in Heißhunger-Laune. Irgendwas, vermutlich Angst, schnürt mir die Kehle zu. Es fühlt sich an, als ob ein tonnenschweres Stück Beton auf meine Brust drückt. Daher bleibe ich einfach an meinem Platz sitzen und versuche, ruhig durchzuatmen.

Die Etage leert sich langsam und die halbe Marketingabteilung steht vor dem Fahrstuhl, auf dem Weg in die Mittagspause. Weil ich mich mittlerweile nicht mal mehr auf die Arbeit konzentrieren kann, sehe ich ihnen zu. Sie unterhalten sich angeregt und ihre Wangen glühen. Sie kennen diese Last nicht, die auf mir liegt. Auch Rob kennt sie nicht, so sehr er sich auch bemüht, mich zu verstehen.

Die Türen des Fahrstuhls öffnen sich und die Gruppe davor teilt sich. Anhand der Blicke der Frauen weiß ich, dass es entweder Rob oder Lex sein muss. Was Rob an Attraktivität eingesteckt hat, weil er in den letzten paar

Jahren mehr alterte, als er mit seinen 43 Jahren eigentlich sollte, macht er mit Autorität weg. Klar, man sieht seinem Körper noch immer an, dass er ab und an trainiert, aber sein Haar ist mittlerweile grau und langsam bildet sich ein Bauchansatz, den es früher nicht gab. Das scheint die Frauen allerdings nicht zu stören. Sie werfen sich ihm reihenweise an den Hals. Ich kann wirklich von Glück reden, dass er sich damals ausgerechnet in mich verliebt hat.

Der Grund, weswegen sich die Frauen vor dem Lift allerdings die Köpfe ausrenken, ist Lex. Er fokussiert mich durch die Glasscheibe, während er sich den Weg durch die Menschentraube bahnt. Im Gegensatz zu den anderen strahlt er eine Ernsthaftigkeit aus, die mich schlagartig beruhigt.

Er öffnet die Tür und kommt auf mich zu. Sein Gang ist unverkennbar. Er hat dieses leichte Hinken, das einem kaum auffällt, außer man sieht genau hin. Direkt vor meinem Schreibtisch fragt er mich ruhig: «Bist du bereit?»

Er sagt nicht einfach >gehen wir< oder >komm mit<, sondern er fragt mich, ob ich bereit bin. Dann sieht er mich wartend an. Er will tatsächlich eine Antwort und das gibt mir das Gefühl, ernst genommen zu werden. Mit einem Mal fühle ich mich wirklich bereit. Ich glaube daran, dass Lex dafür sorgt, dass mir nichts passiert.

Ich hätte ihm nicht gleich misstrauen sollen, nur weil er sich nicht daran erinnert hat, mit einem seiner Mitarbeiter durch die Halle gelaufen zu sein. Vermutlich erinnere ich mich an einem geschäftigen Tag auch nicht daran, wem ich alles Mails geschrieben und wen ich angerufen habe.

Als wir in seinem blauen Ford Pickup sitzen und in Richtung Lager fahren, krampfe ich meine Hände auf dem Schoß zusammen. Lex wirft einen kurzen Blick darauf und schenkt mir ein beruhigendes Lächeln. Es funktioniert, für circa drei Sekunden. Dann bricht mir wieder der Schweiß aus. Ich kann sogar fühlen, wie die Schweißtropfen an den Seiten unter meinen Armen herunterlaufen.

«Dir passiert nichts May.»

«May? So hat mich noch niemand genannt.» Trotz der Umstände heben sich meine Mundwinkel. «Wie der Monat. Ich finde, es passt zu dir», erwidert er mit einem leichten Lächeln. Normalerweise würde ich nachfragen, warum, aber mein Kopf ist zu voll dafür. Ich lehne ihn an die Kopfstütze und schließe für einen Moment die Augen. Als ich sie wieder öffne, sieht mich Lex von der Seite an. Er wirkt besorgt.

«Wir müssen noch über das Vorgehen sprechen. Bist du immer noch bereit dazu?» Ich nicke. «Also gut. Wir betreten das Gebäude durch den Haupteingang. Danach gehen wir nach links, direkt zur Verpackungszone. Dort werden wir auf Chad treffen.»

«Heißt er so? Ich meine … Chad?» Es fällt mir schwer, seinen Namen auszusprechen. «Ja, das ist der Mann, den du auf den Überwachungsvideos gesehen hast. Er fährt auch den roten Sedan. Maloya, kannst du mir garantieren, dass du, sollte er es tatsächlich sein, keine Miene verziehst? Egal ob er dich erkennt oder nicht?»

Ich denke ernsthaft darüber nach, ob ich dazu imstande bin. «Wir kommen wie zufällig bei ihm vorbei und ich stelle ihm kurz eine Frage. Dann gehen wir weiter, egal, was du denkst, gesehen zu haben. Klappt das?», fragt er weiter.

«Ja. Wir kommen hin, du fragst ihn etwas, dann sind wir wieder weg. Ich halte meinen Mund», bestätige ich. Er nickt knapp, kurz darauf biegen wir auch schon auf das Firmengelände ein. Er parkt direkt neben dem Haupteingang auf einem der Besucherparkplätze.

Ich überlege kurz, ob ich meine Handtasche mitnehmen soll, in der Zwischenzeit ist Lex schon auf meiner Seite des Wagens und hält mir die Tür auf. Ich steige aus und wir gehen auf die gläserne Eingangstür zu.

In dem Moment, als die Tür mit einem leisen Klick hinter uns in Schloss fällt, beginne ich zu zittern. Ich kann es gar nicht abstellen. Alles in mir schaltet auf Flucht, nur der Gedanke an Grata bringt mich dazu, nicht auf der Stelle davonzulaufen.

Lex scheint es zu spüren. Er legt seine Hand sanft in meinen Rücken und führt mich in Richtung der Verpackungszone. Für die Leute hier drin muss es so aussehen, als wollte er mir etwas zeigen.

Plötzlich fällt mir ein, dass ich draußen, außer am Pförtnerhaus, nirgends Security gesehen habe. Ich dachte, Rob wollte dort zwei bis drei Männer hinstellen?

Schlagartig werde ich noch unruhiger. Mein schnelles Atmen ist viel zu laut. Mühsam versuche ich, mein Schnauf wieder zu verlangsamen. *Drei Schritte einatmen, drei Schritte ausatmen. Drei Schritte einatmen, drei Schritte ausatmen.*

Als wir uns der Verpackungszone nähern, schnaufe ich wenigstens nicht mehr wie ein Pferd. Lex steuert uns auf einen Mann zu, der über eine große Kiste gebeugt steht. Ich brauche alle meine Kraft dazu weiterzugehen. Haarfarbe und Größe stimmen in etwa. Auch die Art, wie sein Körper von den Schultern bis zu Hüfte überall gleich breit und etwas unförmig erscheint, stimmt.

«Chad?» Ich zucke zusammen, als ich Lexs feste Stimme höre. Wenn er mit mir spricht, klingt er irgendwie anders. Sanfter. Der Mann stellt sich auf und dreht sich um. Die fettigen Strähnen fliegen dabei um sein Gesicht. Sie sind etwas kürzer, als sie auf den Kameraaufnahmen gewirkt hatten. Unter den Haaren kommt ein braun gebranntes Gesicht zum Vorschein, dass so gar nichts mit Cabbage gemein hat. Hätte die Kamera seine Gesichtsfarbe besser abgebildet, wären wir jetzt gar nicht hier. Es sah auf dem Bildschirm tatsächlich so aus, als hätte er sehr helle Haut, was aber überhaupt nicht der Fall ist. Cabbage hingegen war immer kreidebleich. Kein Wunder, bei der vielen Zeit, die er bei den Verliesen verbracht hat. Die Stirnpartie will auch nicht mit Cabbage übereinstimmen.

Chads dunklen Augen wirken irgendwie warm, auch wenn ich mittlerweile weiß, dass dieser Schein trügen kann. Was Lex genau mit ihm bespricht, bekomme ich gar nicht mehr mit. Ich muss mich konzentrieren, dass meine Beine nicht unter mir nachgeben. All die Angst und Nervosität verflüchtigen sich und geben einer bleiernen Müdigkeit Platz. Plötzlich merke ich den fehlenden Schlaf der letzten zwei Nächte.

Wieder legt mir Lex seine Hand auf den Rücken. Er führt mich durch ein Tor, hinaus in die warme Nachmittagsluft. Dort sieht er mich fragend an und ich schüttle den Kopf. Er atmet hörbar aus und lässt die Schultern sinken. «Es tut mir so leid. Der ganze Aufwand hier und, dass ich …» *Ob er weiß, dass ich an ihm gezweifelt habe?*

Er hebt den rechten Arm, lässt ihn aber gleich wieder sinken. Eine kurze Pause entsteht, aber ich weiß nicht, wie ich meinen Satz vervollständigen soll. «May, mach dir keine Gedanken. Es ist alles gut. Ich bin nur froh, dass Chad entlastet ist und du wieder beruhig sein kannst.» Ich nicke. «Das bist du doch, oder?» Seine silbergrauen Augen funkeln im Sonnenlicht, während er mich eingehend betrachtet. «Ich denke schon.» Mehr bringe ich gerade nicht heraus.

Seine Hand bleibt wohltuend auf meinem Kreuz liegen, während er mich zu seinem Wagen zurückführt. Bei seinem Pickup angekommen, hält er mir wieder die Tür auf. Eine Weile sind wir beide still. Ich versuche verzweifelt, alle meine Gedanken zu ordnen, um endlich die Erleichterung, die ich eigentlich fühlen müsste, zu spüren. Vermutlich will Lex mich nicht stören und ist daher so ruhig.

Als wir auf den Patriot Freeway fahren, sieht er das erste Mal wieder zu mir rüber. «Lass mich dich nach Hause fahren. Okay? Du siehst erschöpft aus.» Ich muss schmunzeln, denn ich kenne nicht viele, die so was zu einer Frau sagen würden. Alle würden sie einen Zickenterror als Konsequenz fürchten. «Ja, ich bin ziemlich erledigt. Wenn es dir nichts ausmacht, gerne. Ich brauche dringend einen starken Kaffee und damit meine ich nicht die Bürobrühe. Morgen kann ich dann mit Rob zur Arbeit fahren.»

«Ich muss einfach noch kurz tanken. Weshalb fahrt ihr eigentlich nicht öfter zu zweit zur Arbeit?» Ich denke er versucht, mich mit der Frage abzulenken. Darauf lasse ich mich gerne ein.

«Du weißt ja, wie viel er arbeitet. In der Regel sorge ich dafür, dass die Mahlzeiten schon für ihn bereitstehen, damit es nicht noch später wird.» Er grummelt kurz, dann sprechen wir über das Kochen an sich.

Als wir den Freeway wieder verlassen, fährt Lex tatsächlich zu meiner Lieblingstankstelle, in der es immer diese großartigen Donuts gibt. «Bleib ruhig sitzen. Ich erledige das kurz, dann können wir gleich weiter.» Ich komme nicht drum herum, ihm die süße Leckerei zu empfehlen.

Während er hinter dem Wagen steht und ihn betankt, rutsche ich tiefer in den Sitz. Ich versuche, irgendwie meinen Nacken zu entspannen, es will mir aber nicht gelingen. Irgendwann gebe ich die Suche nach einer bequemen Position auf. Ich schnappe mir ein Haargummi aus meiner Handtasche, kämme mit den Fingern meine Haare zusammen und binde sie lose zu einem Dutt. Jetzt, wo meine Schultern freiliegen, kann ich sie kneten. Mit schief gelegtem Kopf beginne ich, meine linke Schulter zu massieren. Die Verhärtungen springen schmerzhaft unter meinen Fingern weg und mir wird bewusst, wie angespannt ich auch physisch war.

Es dauert nicht lange, bis die Finger meiner rechten Hand schmerzen und ich die Seite wechsle. Ich öffne kurz die Augen und neige den Kopf nach links. An die Zapfsäule angelehnt steht Lex. Er hält zwei Kaffee und eine

Tüte, die eindeutig nach Donuts aussieht. Hat er mich gerade beobachtet?

Er geht um den Wagen und steigt ein. Dabei reicht er mir die beiden Becher und die Tüte. «Verspannt?»

«Mhm.» Meine Wangen brennen. Wieso sieht er nicht wenigstens ein bisschen ertappt aus? «Der Linke ist mit Milch und viel Zucker.»

«Oh, danke», sage ich und nehme ihn. Ich brauche das Koffein dringend. «Das ist rechts.» *Autsch!* «Tut mir leid. Ich bin so ...» Überfordert lasse ich meinen Kopf gegen die Stütze fallen und atme geräuschvoll aus. *Warum stellt sich einfach keine Erleichterung bei mir ein?*

Wir fahren weiter. Ein paar Minuten später will Lex nach seinem Kaffee in meinem Schoß greifen, zieht die Hand aber schnell zurück. Ich reiche ihn ihm, er bedankt sich. Wieder bedrückende Stille.

Normalerweise ergibt sich bei uns immer ein Gesprächsthema. Allerdings war ich mit ihm auch noch nie unabhängig der Arbeit unterwegs. Eigentlich schade. Das Sonnenlicht glitzert in seinen dunkelblonden Haaren und der strahlend blaue Himmel macht seine Augen türkis. *Geht's noch?*

Wir kommen vor unserem Haus an. Es wundert mich nicht, dass er weiß, wo wir wohnen. Rob hat schon mehrmals außerordentliche Geschäftsleitungssitzungen bei uns zu Hause abgehalten. Dabei wurde ich meistens gebeten, mit Violett, Cyrils Frau, zum Shopping zu gehen. Vermutlich hat sie sonst keine Freunde. Das würde mich nicht überraschen.

Wieder öffnet Lex mir die Tür und ich steige, beladen mit dem Kaffee und der Tüte, aus. Er nimmt mir alles ab, damit ich die Haustür öffnen kann. Allerdings zittern meine Finger noch immer so, dass ich es nicht schaffe, den Schlüssel ins Loch zu stecken. Wir tauschen und er öffnet uns die Tür.

Ich stelle alles auf den Küchentresen und deaktiviere die Alarmanlage. Als ich mich umdrehe, steht Lex noch immer an der Tür. Ich bin davon ausgegangen, dass er mir einfach folgt. «Komm rein. Wir müssen doch das hier noch verputzen.» Ich halte seine Einkäufe hoch und nicke zum Durchgang in den Garten.

Wir setzen uns beide auf der gleichen Seite an den Tisch, sodass wir die Frühjahressonne im Gesicht haben. «Herrlich nicht?», fragt er. «Eigentlich schon.»

«Du konntest dich noch nicht wirklich beruhigen, oder?» Er sieht mich besorgt an, was sich plötzlich eigenartig intim anfühlt. Es ist einfach eine komplett andere Atmosphäre, hier in meinem Zuhause als in der Firma. «Eigentlich sollte ich erleichtert sein, aber das bin ich nicht. Schätze, es wäre mir wohler gewesen, wenn er es gewesen wäre. Vielleicht …» *Gäbe es dann Hoffnung für viele Frauen? Sag so was nicht! Du weißt ja gar nicht, was Rob ihm genau erzählt hat.*

Automatisch beginne ich wieder, meine rechte, vernachlässigte Schulter zu massieren. Es wird mir erst bewusst, als Lexs Blick an meiner Hand festhält. Beschämt senke ich sie wieder und lasse meinen Kopf kreisen. Wieso muss mir denn gerade jetzt jeder Muskel wehtun?

«Du denkst, das könnte den Opfern helfen, oder?» Ich nicke. «Maloya es tut mir echt leid, was dir damals zugestoßen ist. Ich will nicht sagen, dass ich nachvollziehen könnte, wie es dir geht, aber ich verstehe den Gedanken. Es ist stark von dir, so zu denken.» Überrascht sehe ich zu ihm hoch. «Niemand hat das bisher als Stärke betrachtet.» Mist, meine Stimme bricht. Verzweifelt versuche ich den Kloß in meinem Hals herunterzuschlucken, aber er wird immer größer.

All der Stress, die Angst und vor allem das Gefühl, dass es nie aufhören wird, überwältigen mich. Ich drehe mich von Lex ab, damit er meine Tränen nicht sieht. Jetzt wünschte ich mir, meine Haare wären offen und würden mir als Vorhang dienen.

Sein Stuhl rutscht über die Steinplatten, dann zieht er mich auf die Beine. Ich gehorche und stehe auf, den Blick noch immer zur Seite abgewandt. Mein ganzer Körper bebt mittlerweile. Der arme Lex. Das muss alles vollkommen unangenehm sein für ihn. «Es t-tut … mir leid», stottere ich. Daraufhin schließen sich zwei starke Arme um mich. Vergebens warte ich auf die Panik, die ich noch oft bei Körperkontakt fühle, aber sie bleibt aus. Stattdessen nehme ich das erste Mal seinen Geruch wahr. Er riecht männlich, aber auf eine natürliche Art und Weise. Kein Aftershave, kein Eau de Toilette. Zaghaft lege ich ihm meine Arme auf den Rücken und lehne mein Gesicht an seine Brust. Vermutlich brauche ich einfach mal die Umarmung eines Freundes.

Seine Hände streichen sanft über meinen Rücken, bis ich nicht mehr schluchze und wieder richtig zu Atem komme. Dann lösen wir uns langsam voneinander. *Oh Gott!* Ich will gar nicht wissen, wie ich gerade aussehe. Das bisschen Mascara, das ich immer auftrage, ist sicher komplett verschmiert. Meine Wangen laufen garantiert auch schon wieder rot an.

Ich sehe hoch in sein Gesicht, erkenne darin aber nur Zärtlichkeit. Er scheint weder schockiert noch genervt zu sein. Ohne den Blick von meinen Augen zunehmen, hebt er seinen Daumen an mein Gesicht. Er wischt damit die Tränen von meiner Wange. Sofort bahnen sich neue ihren Weg, weil mich die Geste so rührt. «Entschuldige dich nicht. Eine so schöne Frau wie du, sollte sich nicht schämen.» Seine Worte kommen leise, rau und gehen mir direkt unter die Haut. Er presst die Lippen zu einer Linie zusammen, dann geht er und ich bleibe regungslos stehen.

6.

Maloya, Frühling 2007

Vor einer Weile habe ich aufgehört durchzudrehen, weil ich seit Ewigkeiten nicht mehr als diese vier Wände gesehen habe. Ich schürfe mir meine Finger nicht mehr wund im Versuch, aus dem *Verlies* auszubrechen. Mittlerweile sitze ich einfach nur noch hier und warte auf eine Gelegenheit zu kämpfen oder auf die nächste Spritze. So genau weiß ich das nicht. Genauso, wie ich auch nicht weiß, wie lange ich schon hier bin. In diesem Raum gibt es weder Tag noch Nacht. Also habe ich auch keine Ahnung, ob ich noch Hoffnung haben soll, von der Polizei gefunden zu werden.

In diesen Serien im Fernsehen heißt es immer, die ersten 24 Stunden seien entscheidend. Die Einstiche auf meinem Körper bringen mich zu der Überzeugung, dass die entscheidenden Stunden schon lange vorbei sind. *Ob es schon eine ganze Woche ist?*

Ich schiele zur Matratze herüber, unter der ich mehrere Stücke Brot versteckt halte. Für den Fall, dass sie mich vergessen oder schlicht und einfach beschließen, mich hungern zu lassen.

54

Anfangs hat es mich fast in den Wahnsinn getrieben, nicht zu wissen, was kommt. Erst dachte ich, sie töten mich, aber da ich bis jetzt noch lebe, denke ich nicht, dass das der Plan ist. Was auch immer sie mit mir vorhaben, sie werden mich so bald nicht töten. Davon bin ich mittlerweile überzeugt. Ob das nun gut oder schlecht ist, will sich mir nicht erschließen.

An den Schritten im Gang erkenne ich, dass Fifty unterwegs ist zu mir. Ich habe nie jemand anderen gesehen als ihn und Cabbage. Nur anhand der anderen Männerstimmen, die ich manchmal höre, bin ich mir sicher, dass es noch andere gibt. Genauso, wie es auch andere Frauen gibt.

Die Tür wird geöffnet und wie immer blendet mich das Licht aus dem Flur so stark, dass es mich für kurze Zeit blind macht. Dennoch weiß ich: Es ist definitiv Fifty der mich am Arm hochzieht. Er riecht nicht ganz so eklig wie Cabbage. Ich schwanke leicht, sobald ich auf den Beinen stehe, aber er hält mich. Meine Muskulatur zittert. *Bin ich schon abhängig von dem Scheißzeug oder liegt es am Hunger?*

Fifty zieht mich auf den beleuchteten Korridor hinaus. Es ist das erste Mal, dass ich hier drin etwas anderes sehe als *mein Verlies*. Auch wenn ich mich geistig weigere, es so zu nennen, fällt mir kein anderes Wort dafür ein. Vom Korridor gehen noch ein paar weitere Türen ab. Alle sind gleich. Fensterlos und aus dickem Stahl, der einem jegliche

Hoffnung auf Flucht nimmt. Vereinzelt höre ich leise Frauenstimmen. Irgendwo weint und bettelt jemand. Mir läuft ein kalter Schauer über den Rücken.

Wir biegen um die Ecke und bleiben stehen. Vor uns führt eine Treppe nach oben, rechts von mir sehe ich eine normale Tür, mit Türklinke. Fifty öffnet sie und will mich hineinführen. Es ist ein Duschraum, wie man ihn aus Umkleidekabinen kennt, nur viel heruntergekommener. Die gefliesten Wände sind grau verfleckt und in den Ecken liegen Splitter davon. Die Szene erinnert mich an diverse Horrorfilme.

Meine Füße bleiben still. Fifty zerrt an meinem Arm, aber ich bewege mich nicht. *Du musst sofort hier weg!* Alle meine Alarmglocken schrillen und mein Körper macht sich ohne mein Zutun kampfbereit.

Ohne zu wissen, was ich tue, schaffe ich es, ihm meinen Arm zu entreißen und einen Schritt zurückzugehen. Sobald mir klar wird, dass er mich nicht mehr hält, haste ich auf die Treppe zu. Auf dem ersten Tritt angekommen, prallt etwas Schweres auf mich, sodass ich auf die Stufen herunterknalle. Die Kanten bohren sich schmerzhaft in meinen Körper und ich stöhne auf.

Fifty steigt von mir und zieht mich an meinen kurzen Haaren hoch, bis ich ihm ins Gesicht sehen muss. Seine dunklen Augen verengen sich zu Schlitzen. «¡Te vas arrepentir, Puta!» Keine Ahnung was das genau heißt, aber es war eindeutig eine Drohung. Sein ganzer Körper strahlt es aus, aber das macht keinen Unterschied. Es gibt für mich nur diese eine Chance.

Ich trete nach seinem Schienbein und tatsächlich lässt sein Griff kurz nach. Für einen kurzen Moment kann ich mich losreißen, dann trifft seine Faust auf meinen Kiefer. Es schmerzt weniger als erwartet, also nutze ich die Gelegenheit und versuche mein Knie zwischen seine Beine zu rammen. Dummerweise bemerkt er meinen Versuch zu früh, tritt einen Schritt zurück und reißt mein Bein hoch. Praktisch im selben Augenblick knalle ich mit dem Hinterkopf auf dem Boden auf.

Es dauert wertvolle Zeit, bis mein Blickfeld sich wieder fokussieren lässt. Ich sehe sein breites Hosenbein direkt vor meinem Gesicht, als er meinen Arm hinter dem Rücken soweit hochreißt, bis ich nur noch Schreie. Der Schmerz ist so überwältigend, dass mir Tränen in die Augen treten.

Er lässt meinen Arm kurz los, setzt meinen Oberkörper aufrecht und greift wieder danach. *Er ist ausgekugelt! Scheiße, ich brauche einen Arzt!* Keiner der Gedanken will über meine Lippen springen. Ich kann nichts anderes tun, als sie zusammenzupressen oder zu schreien. Mit meiner anderen Hand zerkratze ich seine Unterarme, während er meinen Arm angewinkelt hochdrückt und mit der anderen Hand meine Schulter nach unten presst. Mein Oberarm schnappt wieder ein, dann verschwimmt mein Blickfeld erneut.

Am Rande meines Bewusstseins nehme ich wahr, wie ich in den Duschraum gezogen werde. Fifty lässt ein Messer aufschnappen, aber ich bin noch nicht mal in der Lage, panisch darauf zu reagieren. Er schneidet mir jedes Stück Stoff vom Körper und stellt das Wasser an. Es ist ziemlich kühl, was meiner Schulter guttut und mich langsam wieder zu Verstand kommen lässt.

Noch immer auf dem Boden sitzend drehe ich mich so, dass ich zur Wand hinsehe. Selbst in meinem jetzigen jämmerlichen Zustand ertrage ich seine Blicke auf meinen nackten Brüsten nicht. Etwas stupst mich von hinten an und ich fahre erschrocken herum. Sofort wimmere ich wegen der Schmerzen. Hinter mir liegt ein Stück Seife. Ich nehme es und reinige mich damit so gut es geht. Wer weiß, wann ich das nächste Mal die Gelegenheit dazu habe.

Als Fifty auf mich zukommt, stehe ich freiwillig auf. Beruhigt stelle ich fest, dass es wenigstens nicht schlimmer ist als zu sitzen. Ein paar Schritte vom nassen Boden weg wirft er mir ein kleines Bündel Kleider vor die Füße. Mühsam bücke ich mich und hebe es auf. Es ist nur ein kurzer, pinker Rock und ein weißer BH, der mir garantiert zu groß ist. «Handtuch?», frage ich und erschrecke wegen meiner eigenen Stimme. Ich habe sie schon viel zu lange nicht mehr gehört, aber damals war sie garantiert nicht so dünn. *Was machen die mit mir, wenn ich das angezogen habe?* Er reißt mir die beiden Stückchen Stoff aus der Hand und sagt: «Dann so.»

«Nein! Ich dachte nur …, weil … Bitte, ich habe Geld. Ich … Meine Eltern … sie waren reich!» Ein hässliches Lächeln geht über seine Züge, dann schüttelt er den Kopf und beginnt, den Rock zu zerreißen.

«Stopp! Bitte! Ich ziehe ihn an.» *So armselig bist du geworden!* Zu meinem Glück gibt er mir die Kleider fast unbeschadet zurück. Das Anziehen des BHs ist etwas umständlich, weil ich meinen geschundenen Arm nicht heben kann, aber es klappt schlussendlich und ich bin dankbar, etwas anzuhaben.

Als ich mich umdrehe, stechen mir die Überreste eines Spiegels in Auge. Ich zucke zusammen beim Anblick meines Gesichts, wirklich schockiert bin aber wegen des dunkeln Tattoos an meinem Hals. Leider kann ich nicht rechtzeitig erkennen, was es darstellt, denn Fifty zerrt mich die Treppe hoch in einen Korridor, von dem mehrere Türen abgehen. Wir müssen in einem ziemlich großen Gebäude sein. Er öffnet eine Tür, schubst mich durch und schließt sie hinter mir. Es sieht aus wie ein typisches Motel-Zimmer. Langsam gehe ich auf die Mitte des Raums zu, um mich umzusehen.

Ich komme nicht weit, bis die Tür hinter mir wieder geöffnet wird. «Estás guapa.» *Du siehst hübsch aus.* Sofort erkenne ich die Stimme. Es ist Cabbage, der hinter mich tritt. Seine knubblige Hand legt sich auf meine schmerzende Schulter und drückt zu. Sofort falle ich auf die Knie. «Du hast Glück.» Er geht um mich herum, seine Hand noch immer auf meiner Schulter.

«Normalerweise bezahle ich für das hier nicht.» Im Augenwinkel sehe ich, dass er die Hose geöffnet hat. Automatisch verziehe ich das Gesicht. Er hebt mein Kinn und ich schnappe mit den Zähnen nach seiner Hand. «Der Chef hat zugestimmt, dass ich dein Erster sein kann. Ich werde sanft sein Bonita, nicht so wie die anderen.» Sein scheußliches Lachen erfüllt den Raum und obschon ich dieses Gefühl vergessen geglaubt habe, steigt Panik in mir auf. *Du musst sofort hier raus!*

Ich habe mich noch nicht mal bewegt, als eine Schmerzwelle über mich einbricht. Vermutlich habe meine geweiteten Augen mich verraten, denn Cabbage presst seine Finger tief in meine schmerzende Schulter. Ich krümme mich so sehr zusammen, wie es nur möglich ist, entkomme aber nicht seinem Griff. Mit der anderen Hand zieht er so derbe an meinen Haaren, dass ich meinen Blick hebe. Unweigerlich muss ich dabei zusehen, wie das schrumpelige Teil zwischen seinen Beinen wächst.

Scheiße, das macht ihn an!

Mittlerweile kriege ich fast keine Luft mehr. Selbst das schnelle Hecheln, das sich eingestellt hat, verhilft mir nicht zu genügend Sauerstoff. Wieder verschwimmt meine Vision und ich bete, das Bewusstsein zu verlieren, aber es passiert nicht.

Etwas Kaltes streift über meinen Hals zum Gesicht. Im Augenwinkel erkenne ich die scharfe Klinge. Der Geruch von Urin dringt mir in die Nase, als er mir sein erigiertes Glied ins Gesicht presst. «Darf ich dir deinen neuen Arbeitsort vorstellen, Puta?»

7.

Maloya, heute

Ich höre, wie unser Garagentor geöffnet wird und bin froh, dass ich noch mit Kochen beschäftigt bin. Seit Lex gegangen ist, fühle ich mich, als hätte ich Rob hintergangen. Er sorgt sich immer um mich und es war unfair von mir, bei einem anderen Mann Trost zu finden. Vielleicht bin ich auch einfach nur verwirrt, wegen der anderen Ereignisse des Tages. Der Gang zum Lager hat mich wirklich viel Kraft gekostet.

Rob kommt durch die Durchgangstür und steuert direkt auf mich zu. «Alexander hat mich angerufen und gesagt, du wärst zu Hause und es ginge dir den Umständen entsprechend gut.» Er legt seine Hände auf meine Hüfte und sieht forschend in mein Gesicht. Ich fühle mich, als könnte er die Bilder von Lexs Umarmung in meinem Kopf sehen.

«Es geht wieder. Anfangs war es schwierig.» Ich verdrehe die Augen, um zu verhindern, dass eine Träne hinaus kullert. Natürlich bemerkt er es und nimmt mich in den Arm. «Liebling ich bin so froh, dass es falscher Alarm war.» Wenn er wüsste, dass ich seine Erleichterung nicht

62

teile, würde er vermutlich wieder einen Psychologen engagieren.

Wir küssen uns innig, schon das zweite Mal diese Woche. Vielleicht hat das Ganze auch etwas Gutes und belebt unsere Ehe wieder. Als sich unsere Lippen trennen, legt er seine Stirn an meine und haucht mir das Versprechen entgegen, das mich stets beruhigen kann. «Ich lasse nicht zu, dass dir etwas passiert.»

Das Essen braucht noch Zeit und da Rob noch duschen will und diverse Anrufe beantworten muss, stelle ich die Hitze vom Herd etwas zurück. Eine Weile setze ich mich auf einen Barhocker in der Küche und massiere meine Schultern, bis mir einfällt, dass wir der Polizei noch Entwarnung geben müssen.

Da es sich bis jetzt gut angefühlt hat, die Dinge selbst in die Hand zu nehmen, suche ich die Nummer von FBI Agent Lyncoln Prawn. Er ist schon seit damals zuständig für diesen Fall. Auch Rob wurde später gebeten, alles was sachdienlich sein könnte, an ihn weiterzugeben. Erst war ich mir nicht sicher, ob er nach all den Jahren noch immer zuständig ist, aber da Rob ihm erst gerade unsere Befürchtung gemeldet hat, scheint es ihn noch zu geben.

Kurz bevor ich wieder auflegen will, nimmt er das Telefonat an. Seine Stimme hat sich nicht sonderlich verändert in der Zwischenzeit. «Hi, hier ist Maloya West. Ich wollte ihnen nur sagen, dass ich mich getäuscht habe.

Der Mann in unserem Lager war gar nicht der von damals.» Ich lasse ihm nicht mal Zeit, etwas zu erwidern, so schnell will ich es hinter mich bringen.

« West, ehemals Collister?»

«Ja, genau. Mein Mann hatte sich doch bei ihnen gemeldet.»

«Ähm, ich müsste das intern prüfen, aber bei mir hat er sich jedenfalls nicht gemeldet.»

«Oh. Ich … das war wohl ein Missverständnis unter uns. Die Sache hat sich jedenfalls erledigt.» Wir tauschen noch einige Höflichkeiten aus, dann beenden wir das Telefonat.

Ich gehe hoch zu unserem Schlafzimmer, dort höre ich das Wasser in der Dusche rauschen. Ich öffne die Türe einen Spalt breit. Wenn es nicht gerade ums Austauschen von Zärtlichkeiten geht, kann ich mich noch immer nicht mit nackten Körpern anfreunden. «Rob?»

«Ja Liebling?»

«Hast du Lyncoln Prawn vom FBI angerufen?» Die Frage war falsch, eigentlich müsste sie heißen: Wem hast du unseren Verdacht gemeldet? Also setze ich gerade an, mich zu korrigieren, als er antwortet: «Ja, ist alles geklärt.»

«Ich hatte ihn gerade am Telefon, er wusste nichts davon.» Rob steigt aus der dampfenden Dusche und wickelt sich ein Tuch um die Hüfte. Ich gehe ins

Badezimmer, damit wir uns einfacher unterhalten können. Momentan fühle ich mich wie eine dieser unzufriedenen Ehefrauen, die ihren Männern pausenlos Vorwürfe machen.

«Loya, ich wollte dir das nicht sagen, aber …» Er beginnt mit einem zweiten Tuch, seine grauen Haare zu trocknen. «Cyril und ich vermuten, dass Alexander in etwas Illegales verwickelt ist. Wir wissen allerdings nicht genau was und wie gefährlich er ist. Daher wollte ich es dir nicht sagen. Die örtliche Polizei ist über alles informiert.» Er zieht die Stirn kraus und hält einen Moment inne. «Ich denke, wir sollten Agent Prawn nachher Bescheid geben, damit er sich nicht sorgt», sagt er mehr zu sich selbst als zu mir.

Lex soll gefährlich sein? *Sei ehrlich, das hast du doch auch schon vermutet.* Ich gehe zum Waschbecken und lasse Wasser über meine Hände rinnen. «Warum hast du mich mit ihm allein in die Lagerhalle gelassen?»

«Du warst nicht allein. Wir und ein paar Wachen waren die ganze Zeit da. Die Polizei meinte wir sollen verhindern, dass er Verdacht schöpft. Die Geschichte mit Chad hätte die Ermittlungen beenden können.»

«Und das alles nur, weil ich ihn verwechselt habe.» Ich sehe auf die weißen Fliesen am Boden und versuche, mir vorzustellen, dass Lex gefährlich sein soll. Obwohl ich die Vermutung schon zuvor gestellt hatte, kann ich noch immer nicht daran glauben. Ich kann es mir schlicht und einfach nicht vorstellen. Es lässt sich nicht mit dem Mann übereinbringen, der mich zuvor in den Armen gehalten hat. Er verstand als Einziger, weshalb ich hoffte, dass Chad Cabbage wäre. *Dass er in etwas Illegales verwickelt ist, heißt nicht zwingend, dass er auch gefährlich ist.* Das muss der Punkt sein. Oder Rob täuscht sich komplett in ihm. *... Oder du dich in Lex.*

Das bringt mich alles nicht weiter. Ich drehe mich zu Rob um, der mittlerweile komplett abgetrocknet ist. «Danke, dass du mir die Wahrheit gesagt hast.» *Ob die Securitys uns bis hierher gefolgt sind? Weiß er, dass ich mich von Lex habe trösten lassen?*

Ich fahre mit dem Zeigefinger über seine Wange, an der sich ein kleines Blutrinnsal gebildet hat. «Du hast dich beim Rasieren geschnitten.»

«Blutet es schlimm?»

«Nein, das haben wir gleich.» Ich hole ein Wattepad aus meiner Spiegelschrankhälfte und tupfe das Blut weg. Mein Blick fällt auf die beschlagene Duschwand und unbewusst entfährt mir ein Seufzen. Rob sieht mich fragend an. «Das könnte ich jetzt auch vertragen.» Ich nicke zur Dusche.

«Dann komm mit.» Er beginnt, meine Bluse anzuheben.

«Das Essen kocht, ich kann nicht.»

«Klar kannst du. Du bist meine Frau. Wenn das Essen verbrennt, führe ich dich ins beste Restaurant der Stadt aus.» Damit hebt er mich hoch und trägt mich mit samt den Kleidern in die Dusche. Er wirft seine Tücher weg, steigt zu mir und lässt das warme Wasser auf uns prasseln. Dann beginnt er, mich zärtlich auszuziehen.

Sanft massiert er mich mit meinem Duschgel. Es dauert nicht lange, bis ich unsere Nacktheit vergesse und einfach nur den Moment genieße. Auch meine Muskulatur scheint sich vom anstrengenden Tag zu erholen. Obwohl ich spüre, dass ihn die ganze Prozedur erregt, verlässt Rob die Dusche kurz und kommt mit frischen Handtüchern zurück. Es wirkt so, als ob er immer genau weiß, was ich gerade brauche.

Das Essen ist zum Glück nicht angebrannt und genau perfekt. Wir setzten uns und unterhalten uns wie gewohnt über unsere Pläne für die kommenden Tage. Rob muss zusammen mit Cyril für eine Nacht nach New York reisen. Sie fliegen morgen früh los und kommen am Freitag zurück.

Er scheint sich wegen Lex ernsthaft Sorgen zu machen und bittet mich mehrmals, vorsichtig zu sein. Ich weiß zwar noch immer nicht, was ich davon halten soll, versichere ihm aber, keinen Blödsinn anzustellen. Ich spüre deutlich, dass er lieber hier bei mir bleiben würde. Ein warmes Gefühl breitet sich in meiner Magengegend aus. Ich lächle Rob an, um ihm zu zeigen, dass ich das Gleiche fühle.

«Kannst du morgen Abend was mit Violett machen? Vielleicht könnte sie vorbeikommen und ihr kocht euch was Schönes?» Ich soll wieder mal Babysitter für Cyrils Frau spielen. Das wundert mich nicht. Anscheinend gibt sie, wenn er nicht da ist, das Geld ihres Mannes schneller aus, als er es verdienen kann. Was etwas heißen muss, denn in der Geschäftsleitung von West Imports verdient man einiges. Von ihrem Krankenschwesterngehalt könnte sie keine zwei Tage leben.

«Klar Liebling. Ich schreibe ihr gleich nach dem Essen.»

«Danke, du bist die Beste.» Er kommt um den Tisch herum und küsst mich kurz auf den Mund.

Als ich nach Feierabend vor unserem Haus vorfahre, ist Violetts Wagen schon da. Ich stöhne innerlich. Trotz der Ereignisse des gestrigen Tages hatten Rob und ich einen schönen, ruhigen Abend. Auch auf der Arbeit heute lief alles in geregelten Bahnen und langsam beginne ich, mich wieder normal zu fühlen. Normal ist in diesem Fall auch, dass ich mich aufraffen muss, um Violett herzlich zu begrüßen.

Wenn ich sie beschreiben müsste, würde als Erstes der Name Cruella De Vil fallen. Dünne, blondierte Haare, viel zu lange, grell lackierte Fingernägel und klapperdürr. Dabei könnte sie mit einem guten Charakter vielleicht darüber hinwegtäuschen, dass sie zwei vollkommen unterschiedlich aussehende Ohren hat, aber dafür ist sie zu selbstverliebt. Das Schlimmste allerdings: Ich weiß, dass sie mich hasst. Rob meint immer, sie sei einfach eifersüchtig auf mich. Wegen meiner naturblonden Locken und den angeblich hübschen Gesichtszügen.

Ich gehe aus der Garage durchs Haus zur Eingangstür und öffne sie. «Vi! Wie schön, dich zu sehen.» Sie verzieht das Gesicht. Wie vergesslich ich doch bin. Mir scheint immer wieder zu entfallen, dass sie Spitznamen und fettiges Essen nicht mag.

«Ich dachte, wir machen es uns heute mal einfach, wo doch die Männer schon mal weg sind. Komm rein.» Ihre Absätze klappern auf dem Marmorboden.

«Ich habe uns alle Zutaten für selbst gemachte Pizza besorgt. Sogar den Teig mit extra viel Olivenöl, der im Feinkostladen so teuer ist.» Und viel Rotwein. Bevor sie sich fangen kann, starrt sie mich eine Sekunde entsetzt an. «Ach ja, ich kaufe auch immer den teuersten. Man weiß ja nie, was in all dem Billigzeug drin ist», antwortet sie schließlich. Ich verkneife es mir zu bemerken, dass sie sich mit billig auskennen sollte.

Wir machen unsere Pizzen und rattern die üblichen Small Talk Themen runter. Das heißt, eigentlich mache ich ihre Pizza, weil der Teig sonst unter ihren neuen Fingernägeln hängen bleibt. Leider reichen die Gesprächsthemen nicht ganz bis nach dem Dessert. Und ebenfalls leider, gab es im Feinkostladen kein Dessert mit extra vielen Kalorien, also habe ich in einem Imbiss Baklava besorgt und einen Preisaufkleber des Feinkostladens darauf geklebt. Purer Zucker mit Fett, guten Appetit.

Während sie in ihrem Dessert herumstochert, suche ich verzweifelt nach ungefährlichen Gesprächsthemen. Wie immer im Moment gleiten meine Gedanken wieder zu Lex ab. «Hat dir Cyril vom Verdacht gegenüber Lex erzählt?»

«Du meinst Alexander Rutherford?» Ich nicke. Sie setzt sich im Stuhl auf. Anscheinend habe ich ihre Aufmerksamkeit geweckt. «Ja, ich weiß davon. Mein Cyril erzählt mir immer alles.»

Das glaube ich ihr sogar. Männer wie er müssen ja auch irgendwie zum Sex kommen. Während meiner Zeit in Gefangenschaft habe ich viel gesehen. Ich glaube zu wissen, wie gewisse Männer funktionieren und Cyril ist ganz sicher einer davon. Er pflegt sich nicht, raucht permanent, hat Übergewicht und verdankt Job, sozialen Status und Frau nur seinem Geld. Kluge Investments tätigen und gut vernetzt sein, ist meiner Ansicht nach das Einzige, das er kann. Ich glaube, Rob denkt auch nicht anders, braucht ihn aber wegen West Imports.

«… Deshalb denke ich, wir sollten uns in Acht nehmen vor ihm.» *Weshalb?* Mist, ich glaube, ich habe gerade den wesentlichen Teil verpasst. Aber anscheinend glaubt auch sie, dass Lex etwas Krummes am Laufen hat. «Weißt du, um was es dabei geht?»

«Diebstahl denke ich», sagt sie und zuckt mit den Schultern.

Kurz nach diesem Gespräch macht sich Violett endlich auf den Weg. Da Rob nicht da ist, lasse ich in der Küche alles stehen und liegen, überprüfe die Alarmanlage und gehe direkt hoch ins Schlafzimmer. Mir fehlt noch immer einiges an Schlaf. Abräumen kann ich auch morgen früh noch.

Irgendwann in der Nacht schrecke ich hoch, weil ich geträumt habe, Robs Augen wären so silbergrau wie die von Lex. Sie waren kalt und haben mich angestarrt. Danach brauche ich eine Weile, bis ich endlich wieder schlafen kann. Ein bisschen später erwache ich wieder, weil ich vom Überwachungsvideo geträumt habe. Diesmal überfällt mich jedoch sofort wieder die Müdigkeit. Als ich das nächste Mal hochschrecke, ist es endlich hell und ich bin mir eindeutig sicher, der Mann vom Überwachungsvideo war nicht der, den mir Lex im Lager gezeigt hat.

8.

Maloya, damals

«Heute nicht gekotzt, Puta? Du wirst immer besser», raunt mir Cabbage ins Ohr, während er mich zurück zu meinem Verlies bringt. Er täuscht sich. Würden sie nicht ständig ihre Drogen in meine Venen pumpen, würde ich schreien, weinen und erbrechen. Stattdessen habe ich irgendwie einen Weg gefunden, es einfach über mich ergehen zu lassen. Seit Tagen versuche ich, wenn möglich, meine Schulter zu schonen, damit ich im richtigen Moment bereit bin. Die zwei widerlichen Dreckschweine von vorhin haben es mir allerdings nicht leicht gemacht.

Sobald meine Schulter wieder heil ist, werde ich ihnen beweisen, dass ich niemals besser werde. Zumindest nicht freiwillig, denn mittlerweile weiß ich, was mit den Guten passiert, wenn sie *zugeritten* sind. Ich habe es gehört, als die *Kunden* darüber sprachen. Sie werden verkauft. Beim Gedanken daran stellen sich mir direkt wieder die Nacken Härchen auf. *Ich werde kein willenloses Besitztum! Das lasse ich nicht zu.*

Kurz vor meinem Verlies, öffnet er eine Tür und schubst mich durch. «Hey das ist nicht mein … *Raum!*»

72

«Si, aber das hier, es tu nuevo hogar.» Mein neues Zuhause? Mir liegt ein Aber auf der Zunge, es kommt jedoch kein Wort aus meinem Mund, weil ich in diesem Moment das Mädchen sehe. Sie sitzt rechts in der Ecke, das große University of Texas at El Paso Shirt über die angewinkelten Beine gezogen. Dunkles, krauses Haar verdeckt ihr Gesicht.

Hinter mir fällt die Tür zu. Ich ziehe die zweite Matratze in die andere Ecke und setze mich so darauf, dass ich meine nackten Füße in meine Kniekehlen ziehen kann. Vermutlich ist das Wetter draußen nicht gut, denn hier wurde es die letzten Stunden immer kühler.

«Bist du verletzt?» Sie schüttelt leicht den Kopf, ohne ihn anzuheben. «Ich bin Maloya», sage ich im Versuch, ihr ein Wort zu entlocken. Sie erwidert jedoch nichts, also verfallen wir in beidseitiges Schweigen.

Nicht viel später kommt Fifty vorbei, um mir, beziehungsweise neuerdings uns, die übliche Spritze zu geben. Dabei sehe ich die ganze Zeit zum Mädchen rüber, um zu sehen, wie sie reagiert. Sie wimmert nicht mal, als die Nadel ihre Haut durchbohrt. Auch jetzt hat sie den Blick immer gesenkt.

Ich weiß nicht, wie lange wir einfach nur dasitzen und im Rausch der Droge Entspannung finden, aber irgendwann stelle ich fest, dass meine Füße eiskalt sind.

Ich beginne, sie zu massieren, um die Durchblutung wieder etwas anzuregen.

Plötzlich berührt mich etwas am Bein. Wären meine Glieder nicht so schwer, wäre ich zusammengezuckt. Meine neue *Mitbewohnerin* steht vor mir und hält mir ein Paar Socken hin, das früher ganz sicher nicht braun war. Dankbar nehme ich sie an, als ich sehe, dass sie noch immer ein Paar trägt.

Ich frage mich, ob sie schon lange hier ist, dass sie ein zweites Paar Socken besitzt. «Danke.» Ich deute auf den Platz neben mir, sie schüttelt jedoch den Kopf, dabei legt sie für einen kurzen Augenblick ihren Hals frei. Auch sie ist tatowiert, genau an derselben Stelle wie ich. Das Motiv sieht aus wie eine Eule.

Automatisch wandert meine Hand zu meinem Hals, wo die Haut noch immer juckt. «Habe ich das Gleiche?» Sie sieht mich verständnislos an. «¿Tengo yo lo mismo?», versuche ich es weiter. Diesmal nickt sie, dann kehrt sie zurück in ihre Ecke.

In aller Stille arrangieren wir uns ein paar Tage. Mittlerweile weiß ich, wann Nacht ist, weil ich weiß, dass die *Kunden* nur abends zwischen sechs und zehn kommen können. Wenn ich dann nicht mehr gebraucht werde, bringen sie mich wieder hier her und dann dauert es ewig, bis sie wieder Essen und Stoff bringen. Vermutlich sind

Fifty und Cabbage über Nacht gar nicht hier. Sie lassen uns einfach weggesperrt.

Manchmal steht das Mädchen auf und geht ein paar Runden, manchmal ich, aber nie stehen wir beide gleichzeitig. Wenn jemand von uns den Eimer benutzen muss, bleibt die andere einfach regungslos sitzen. Das funktioniert gut, solange die Drogen wirken, aber sobald ich herunterkomme, wird mir langweilig und ich will mich bewegen.

Ab und an werde ich für *Kunden* geholt, das Mädchen bleibt jedoch immer zurück. Deshalb stehe ich auch direkt auf, als die Tür heute geöffnet wird. «¡Siéntate!» Verwirrt setze ich mich wieder hin. Als Cabbage jedoch auf das Mädchen zugeht und sie am Arm hochreißt, springe ich auf. «Lass sie in Ruhe!» Er lächelt wieder einmal. Das scheint seine normale Reaktion auf meine Gegenwehr zu sein. Ich gehe ein paar Schritte auf ihn zu und verdränge die verbliebenen Schmerzen in meiner Schulter.

Er kann sie doch nicht ernsthaft mitnehmen! Mit meinen Augen flehe ich sie an. *Bitte wehre dich! Lass das nicht zu.* Aber sie bleibt ganz ruhig stehen, nur ihr Kopf bewegt sich. Langsam hebt sie den Blick und sieht mir das erste Mal direkt in die Augen.

Sie hat ein hübsches Gesicht, fällt mir auf. Vermutlich ist sie etwas älter, als ich sie geschätzt habe. Vielleicht dreizehn und keine zehn. Zaghaft schüttelt sie den Kopf.

Ich trete so nahe an Cabbage ran, dass meine Brüste seinen Arm berühren. Übelkeit steigt in mir auf, als mir sein Geruch in die Nase steigt. «Nimm mich mit. Bitte.» Ich weiß, dass es keinen Sinn hat, jetzt einen Kampf anzufangen. Ich werde meine Kräfte dann brauchen, wenn sich eine Fluchtgelegenheit bietet und meine Schulter wieder gesund ist.

Seine rauen Finger fahren über meine Seite und ziehen mich ganz an seinen Körper. «Tú eres mi Puta, ella es su Puta.» Er flüstert mir die Worte ins Ohr, bevor er wieder mal darüber leckt. Das soll wohl heißen, ich gehöre ihm und sie zu anderen oder so was in der Art. Angeekelt drehe ich mich weg und in der gleichen Sekunde schubst er mich auf meine Matratze zurück und zerrt die Kleine raus.

9.

Das alles hier kann nicht wahr sein.

Maloya, heute

Auf der Fahrt in die Firma habe ich mir auch noch den letzten Fingernagel abgekaut. Nach drei Anrufen bei Rob, gab ich den Versuch auf, ihn zu erreichen. Er wird sich schon melden, sobald er kann. Vielleicht ist es sowieso besser, wenn ich mich erst mal versichere, dass ich tatsächlich recht habe.

In den Büros angekommen, prüfe ich mein Türschloss. Perfekt, es klemmt noch immer. Ich stelle meine Handtasche hinter den Schreibtisch und gehe zur Security. Mit jedem Schritt dreht sich mir der Magen mehr. Vor der Tür angekommen, streife ich meine nassen Hände an der Jeans ab und klopfe an.

«Hi. Maloya, richtig?» Es ist der Neue.

«Genau. Sag mal, ich bin mir nicht ganz sicher, aber wurde mein Schloss noch immer nicht repariert?»

«Eigentlich wollte der Hausdienst das schon längstens erledigt haben. Ich komme nachher vorbei und schaue es mir an.»

«Also ähm, weißt du ... Robert ist ziemlich unglücklich deswegen. Wenn wir das schnellstmöglich handeln könnten, wäre ich froh.» Ich sehe links und rechts in den Gang und neige mich dann verschwörerisch zu ihm. «Ich will nicht, dass jemand deswegen Ärger bekommt», flüstere ich ihm zu.

«Oh, ja wenn das so ist. Ich kümmere mich gleich darum.» Er schnappt sich seinen Schlüsselbund vom Tisch und tritt zu mir. «Geh doch schon mal vor, ich muss noch kurz wohin, wenn du verstehst.» Damit zwinkere ich ihm zu und gehe ein paar Schritte in die andere Richtung. Als er um die Ecke verschwindet, bringe ich gerade noch so den Fuß durch die Tür. Ein letzter Blick zurück, dann schließe ich sie hinter mir.

Ich weiß zwar noch, wie das Tool mit den Überwachungsbildern funktioniert, aber nicht, wie das Icon dazu aussah. Deswegen muss ich mich erst durch verschiedene offene Programme klicken, bis ich fündig werde. Erst sehe ich mir das Video von Montag an, dann das von mir und Lex vorgestern. Die Monitore verschwimmen vor meinen Augen, während mein Herz noch mehr zu rasen beginnt.

Der Mann, den ich ursprünglich gesehen hatte, hat längere Haare und einen helleren Teint, so wie Cabbage die ganzen fünf Jahre ausgesehen hatte. Der Mann, den mir Lex gezeigt hatte, sah definitiv anders aus. Vielleicht kann man sich die Haare schneiden, aber so schnell braun wird man definitiv nicht.

Ich lasse mich im Stuhl nach hinten sinken und schlage die Hände vor den Mund. Handelt es sich tatsächlich um Cabbage und Lex macht Geschäfte mit ihm? Oder ist der Mann einfach ein beliebiger Krimineller, der mit Lexs krumme Dinger dreht? Hat Violett recht und es geht um Diebstahl? Wie kommt es, dass er mir den Falschen gezeigt hat? Absicht oder Versehen?

Bevor ich mich hochraffen und den Raum verlassen kann, wird die Tür geöffnet. Der neue Security sieht mich genauso erschrocken an wie ich ihn. «Sie dürfen nicht hier drin sein. Ich hatte schon Ärger, weil ich sie vorgestern allein hier gelassen habe.» Die Tür fällt hinter ihm ins Schloss. «Ich dachte, ich warte hier auf Sie.» Sein Blick fällt auf den Monitor hinter mir, der gerade mich und Lex beim Verlassen der Verpackungszone zeigt.

«Ich muss das melden.»

«Dann rufen Sie Robert an. Er wird ihnen erklären, um was es hier geht.» Ich klinge einiges gefasster, als ich es bin. Er sperrt den Computer, bedenkt mich nochmal mit einem strengen Blick, dann ist er wieder aus dem Raum. Vermutlich will er ungestört telefonieren.

Ob ich Rob von meiner Entdeckung schreiben soll? Am besten schon. Ich sehe mich nach meinem Handy um, muss aber feststellen, dass es in meiner Handtasche im Büro liegt.

Der Neue lässt mich eine gefühlte Ewigkeit warten, bevor die Tür sich wieder öffnet. Die Uhr auf dem Windows Sperrbildschirm sagt mir, dass ich bald 25 Minuten hier gewartet habe. «Da ist sie. Es tut mir wirklich leid, dass ich Sie hierher bestellen musste, aber Mr. West und Mr. Heavering waren nicht erreichbar.»

«Ihr Vorgehen ist korrekt Mr. Vanuccia. Verdacht auf Spionage muss einem Mitglied der Geschäftsleitung gemeldet werden.» Ich springe auf und gehe zwei Schritte zurück, bis ich an die Wand stoße. Ich muss hier weg! Dringendst.

Lex betritt den Raum vollständig und gibt somit die Tür frei. Ich hechte los, komme am sichtlich verwirrten Security vorbei und reiße die Tür ganz auf. Als Erstes muss ich es in mein Büro schaffen, um dort meine Tasche und mein Handy zu holen. Auf halbem Weg dorthin werde ich aber am Arm zurückgerissen.

«Lass mich sofort los oder ich schreie!»

«Du kannst schreien, so viel du willst, wir werden jetzt reden. Immerhin wirst du der Firmenspionage verdächtigt.»

«Ich - Was?? Nein! Das ... Das war ...» Bevor ich wirklich weiß wie mir geschieht, hat mich Lex schon in den Fahrstuhl gezogen. «Ich will sofort hier raus!» Ich schlage mit meinem Ellbogen nach ihm, aber er fängt den Schlag geschickt ab und verdreht mir die Hand auf den Rücken.

«Aua! Lass mich gefälligst los!» Meine Stimme überschlägt sich.

In dem kleinen Lift fühle ich mich wieder wie im Verlies. Es fällt mir immer schwerer, meine Lunge mit Sauerstoff zu füllen. Ich schnappe nach Luft, aber es reicht einfach nicht. Lex lockert seinen Griff, aber auch das hilft nicht. Das Bedienpanel kommt näher und entfernt sich wieder, dann springen die Tasten aus der Reihe. Ich versuche, mein Blickfeld zu schärfen, aber mein Körper gibt wieder mal auf, wenn er nicht sollte.

Am Rande bekomme ich mit, wie er mich hochhebt und zu seinem Pickup trägt. Er setzt mich in den Beifahrersitz und schnallt mich an, dann fahren wir los. Immer wieder versuche ich, mich aus diesem zähen Zustand der halben Bewusstlosigkeit zu holen, aber mein Körper spielt einfach nicht mit. Ich wünschte, ich wäre heute Morgen nicht ohne Frühstück ins Büro geeilt, um schnellstmöglich Bescheid zu wissen.

Ein paar Straßen weiter schaffe ich es endlich, die Frage auszusprechen, die mich am meisten quält. «Was jetzt?» Lex schielt zu mir herüber. Es wirkt so, als wollte er abschätzen, ob ich ihm gefährlich werden kann. Vielleicht kann ich mich, nach dem ich mich erholt habe, weiterhin schwach stellen. Damit hätte ich ein Überraschungsmoment. «Wir müssen reden. Das habe ich dir schon gesagt.» Er klingt genervt. Hoffentlich ist er nicht so genervt, dass er … Nein. Das würde er nicht tun. Oder doch?

Lex greift zu mir herüber. Noch immer will mir mein Körper nicht gehorchen, sonst würde ich zur Seite hin ausweichen. Schmerzhaft kneift er mich in den Oberarm. Als ich es nicht mal schaffe, zusammenzuzucken, sieht er mich zufrieden an. «Du bleibst hier! Ich bin gleich zurück und habe dich die ganze Zeit im Auge.» Damit hält er an und steigt aus.

Ich versuche, die Gegend zu erkennen, obwohl ich den Kopf nicht wirklich bewegen kann. Ich will keinesfalls riskieren, mich so sehr zu erschöpfen, dass ich später nicht flüchten kann.

Lex ist im Handumdrehen wieder da. Er öffnet eine Colaflasche und hält sie mir an die Lippen. «Trink!»

Ich versuche, den Kopf zu schütteln, schaffe es aber nicht. Mangels Alternativen presse ich meine Lippen zusammen und werfe ihm einen wütenden Blick aus den Augenwinkeln zu.

«May! Ich habe die Flasche gerade erst geöffnet. Da ist nichts drin außer Cola. Du brauchst dringend Zucker. Trink!» Er setzt die Flasche wieder an meine Lippen an und bevor er mir alles in den Schoß kippt, gebe ich nach und trinke, so gut es geht.

Die kleinen Schlucke fließen kühl meinen Hals hinunter, während ich brav meine Lippen offenhalte. Kurz bevor ich nicht mehr Schlucken kann, entscheidet er offenbar, dass es genug ist, schließt die Flasche und setzt seinen Pickup wieder in Bewegung.

Wir fahren stadtauswärts, wie mir jetzt klar wird. Die Besiedlung wird immer weniger dicht, dafür kommt die Kontrolle über meinen Körper langsam zurück. Die ganz Zeit über starre ich aus dem Fenster und überprüfe sporadisch die Uhr am Armaturenbrett. Wir sind 17 Minuten unterwegs, bevor wir auf einem Parkplatz anhalten. An den Seiten stehen vertrocknete Büsche und ein paar vereinzelte Truck Anhänger parken verlassen da. Ansonsten gibt es hier nichts. Einfach nichts!

«Hier, trink noch mal.» Lex hält mir wieder die Flasche an die Lippen. Automatisch nehme ich sie ihm ab. *Super, jetzt weiß er, dass es dir besser geht!*

Er überlässt mir die Flasche und ich trinke sie praktisch leer, dann drehe ich mich zu ihm. «Du hast mich zum Narren gehalten, nicht wahr?» Meine Stimme klingt eher weinerlich als panisch, fällt mir auf.

«Fuck!» Lex fährt sich mit den Händen durchs Haar. Ich werte seine Reaktion als Zugeständnis. «Ich weiß alles, du, du aaarrgh!» Ich fühle mich tatsächlich vollkommen hintergangen. Immerhin ließ ich mich von ihm Trösten, als es mir schlecht ging. Ich habe ihm genügend vertraut, um mit ihm ins Lager zu gehen und mir diesen Chad anzusehen. Rob hatte die ganze Zeit recht.

Wütend reiße ich die Tür auf und renne darauf los. Er holt mich nach nicht mal 50 Yards wieder ein. Seine kräftigen Arme schließen sich um mich und machen mich bewegungsunfähig. Er zieht mich an seine harte Brust und zwingt mich zurück zum Pickup. «May, bitte beruhige dich! Wir müssen reden. Dir passiert hier nichts.» Als seine Worte mich erreichen, höre ich für einen Moment tatsächlich auf zu zappeln. Noch immer will ich ihm glauben. Auch, wenn es keinen Sinn ergibt. *Kein Wunder, dass du damals in diesem Tattoo Studio nichts geahnt hast!*

Wieder versuche ich, mich von ihm loszureißen, aber es hat keinen Zweck. Er zerrt mich zurück und presst mich mit dem Rücken an seinen Pickup. Entweder will er mir nicht wehtun oder er merkt nicht, dass er mich verhältnismäßig sanft anpackt, jedenfalls hat er mir bis jetzt noch keine Schmerzen bereitet. Und dennoch scheint es ihm nicht leicht zu fallen, mich in Schach zu halten. Schwer atmend ergebe ich mich und lehne meinen Kopf ans Fahrzeug. Vielleicht tut er mir wirklich nichts? *Träum weiter!*

«Was heißt, du weißt alles?» Ich wende meinen Kopf zur Seite ab, um dem intensiven Blick aus seinen grauen Augen zu entkommen. «May bitte.» Der sanfte Unterton in seiner Stimme lässt mich aufhorchen. «Ich muss es wissen», legt er nach.

«Rob hat mir gesagt, dass du in etwas Illegales verstrickt bist. Ich habe mir die Aufnahmen noch mal angesehen. Du hast mich zum Narren gehalten, indem du mir einen anderen gezeigt hast.»

«Du darfst nicht weiter nachforschen. Bitte! Das hier ist kein Spiel. Es könnte dich dein Leben kosten.» Wieder steigt Wut in mir hoch. «Ist das eine Drohung? Willst du mich umbringen, wenn ich keine Ruhe gebe? Wieso dann nicht gleich?» Shit! Wieso sage ich so was überhaupt. Panisch sehe ich mich um, aber da ist weit und breit niemand, der mir helfen könnte.

«Du denkst, ich würde dich töten?» Er sieht mich so lange prüfend an, bis ich ihm in die Augen sehe. Die Intensität lässt meine Augen tränen. «Nein! Aber sie täten es», erklärt er ruhig und wirkt dabei tatsächlich getroffen.

Wir sehen uns lange einfach nur an und atmen schwer. Ich kann nicht mal genau sagen, weshalb mir Tränen über die Wangen laufen. Es ist, als ob er mich mittels einer wortlosen Konversation überzeugen will. Dummerweise scheint es tatsächlich zu funktionieren, denn ich spüre, wie ich meine Angst langsam wieder unter Kontrolle bringen kann.

«Was ist mit diesem Chad?», flüstere ich, weil wir uns so nahe sind und ich keine Kraft mehr habe ihn anzuschreien. «Ich schwöre dir, ich kümmere mich darum. Bitte vertrau mir, dann passiert dir nichts.»

Ich schnaube. «Warum klingt bei dir bloß immer alles nach einer Drohung?» Er lächelt erleichtert. Wahrscheinlich denkt er, ich würde ihm Vertrauen. In Wahrheit aber bin ich aktuell zu verwirrt, um etwas zu entscheiden. Da ich noch lebe, sollte ich ihm allerdings eine Chance geben. Denn, wenn er recht hat, dann ist er nicht die einzige Gefahr.

«Versprich mir, dass du niemandem etwas von dem hier erzählst.»

«Aber Rob …»

«Bitte. Es ist wirklich wichtig. Ich will nicht, dass er in etwas Gefährliches hineingezogen wird, das demnächst endet. Ich verspreche dir dafür, dass sich bald etwas tun wird. Okay?» Mit dem Zeigefinger schiebt er mir eine blonde Locke aus dem Gesicht, streift dabei meine Wange und das vernarbte Gewebe an meinem Hals. Ich kann einfach nichts gegen das Kribbeln machen, das danach zurückbleibt. Er ist der erste, der meine Narbe dort berührt, nebst der Frau, die das Tattoo weggelasert hat.

Er weiß, dass ich mich nicht länger zu Wehr setzen werde, trotzdem pinnt er mich noch immer am Wagen fest. Eigentlich sollte es unangenehm sein, aber das ist es nicht. Und, eigentlich sollte ich noch immer verängstigt sein, aber aus irgendeinem Grund bin ich auch das nicht.

Zaghaft hebe ich meinen Kopf und sehe wieder in den Strudel aus warm und kalt in seinen Augen. «Gut», hauche ich und schließe für einen kurzen Augenblick die Lider. *Das alles hier kann nicht wahr sein.* Da ich noch lebe und er nun mein Versprechen hat, gehe ich davon aus, dass wir hier fertig sind. Sein Griff hat sich jedenfalls längst gelockert.

Ich stoße mich vom Wagen ab, aber Lex bleibt stehen. Unsere Hüften prallen gegeneinander, dann zieht er sich so schnell zurück, dass ich ins Taumeln gerate.

«Alles okay?», fragt er mich barsch, dabei war er vor einer Sekunde noch sanft. «Ja, soweit es geht zumindest.» Damit steigen wir wieder ein. Während er mich zurück zum Bürogebäude fährt, wechseln wir kein einziges Wort mehr.

10.

Unsere kalten Finger verschließen sich und wir finden Halt.

Maloya, damals

«Shit! Was läuft da?» Trotz meiner, von den Drogen schweren Glieder springe ich auf und sehe alarmiert zu Grata rüber. Sie sitzt wie gewohnt in ihrer Ecke und zuckt mit den Schultern. «Es passiert alle paar Monate», sagt sie in Spanisch. Richtig viel weiß ich noch immer nicht über sie, aber ich glaube, sie hat nie eine Schule besucht. Vermutlich spricht sie daher nur Spanisch.

Wieder dringen Schreie vom Gang zu uns. Was auch immer da passiert, es mit anzuhören, fühlt sich an, wie auf Alufolie zu beißen. Ich werfe einen kurzen Blick zurück auf meine Matratze und setze mich dann neben Grata. Nur Sekunden später knallt es laut. Wir sehen beide stur geradeaus, unsere Körper starr vor Angst, nur ihre Hand findet den Weg in meine. Unsere kalten Finger verschließen sich und wir finden Halt. Gebannt lauschen wir auf weitere Geräusche, aber es bleibt still.

Ich weiß nicht, wie lange wir so dasitzen, aber irgendwann beginnt Grata zu zittern. Ich hole meine Matratze und stelle sie schräg über uns an die Wand. Das haben wir in letzter Zeit schon öfter so gemacht, damit unsere Abwärme etwas isoliert wird. Vermutlich haben wir den Winter bald überstanden, immerhin reichen meine Haare schon weiter als zu meinen Schultern. *Bin ich bald ein Jahr hier?*

Um die Hoffnungslosigkeit zu unterdrücken, konzentriere ich mich darauf, Grata zu helfen. Mittlerweile schlottert sie am ganzen Körper. «Ist dir kalt?» Die wichtigsten Sätze versteht sie langsam auch in Englisch.

«Los escarabajos!» Sie klingt atemlos, obwohl sie sich kaum bewegt hat. Was heißt das schon wieder? Schal? Nein, das wären escarmientos. Da steht doch was Ähnliches auf den Teeverpackungen? Escara...mujo. Ich gehe mehrere Möglichkeiten durch, aber nichts fühlt sich richtig an.

«¿Qué?» Sie fährt mit den Händen über ihren Körper und zappelt dabei mit ihren Fingern. Ich hab's: Los escarabajos, die Käfer!

Angeekelt sehe ich mich um, kann aber nicht genügend erkennen, weil meine Matratze über uns das Licht verdeckt. «No.» Grata schüttelt den Kopf und wiederholt die Geste mit den zappelnden Fingern über ihrem Körper. Langsam sickert die Erkenntnis durch. *Entzugserscheinungen.* Erst das Zittern, dann fühlt es sich an, als würden zig Käfer unter der Haut krabbeln. Ich befühle ihre Stirn und kalter Schweiß legt sich auf meine Finger.

Es dauert nicht lange, bis die Entwöhnung auch bei mir Einhalt findet. Während Grata schreit, weil sie immer wieder von Krämpfen durchgeschüttelt wird, beginne auch ich zu zittern. Schmerzen breiten sich in meinem ganzen Körper aus und es fällt mir immer schwerer, Grata davon abzuhalten, sich die Haut blutig zu kratzen.

Die Stunden und vermutlich Tage vergehen in einem endlosen Strang aus den Qualen des Entzugs. «Ob sie jemals wiederkommen?» Unbewusst spreche ich meine Angst laut aus. Unser Wasserkanister ist praktisch leer und die angelegten Essensvorräte gehen auch zur Neige, obschon wir kaum etwas in uns behalten können. Die Krämpfe leeren unsere Mägen immer wieder. Der säuerliche Gestank von unserem Erbrochenen mischt sich mit dem der anderen Exkremente im Eimer und lässt uns regelmäßig würgen.

Gratas stumpfe, braune Augen sehen mich unverwandt an. Ich wiederhole meine Frage in Spanisch und sie nickt. «Siempre vuelven.» *Sie kommen immer zurück.* Hoffentlich. Denn sonst werden wir bald verdursten.

Manchmal, auch wenn ich mich so sehr dafür schäme, wünsche ich mir auch die Drogen zurück. Das warme Rauschen in meinen Venen und die Gleichgültigkeit fehlen mir.

Langsam beruhigen sich unsere Körper und alles was bleibt, ist bleierne Müdigkeit. Wir schlafen sehr lange. Als die Tür zu unserem Verlies aufgestoßen wird, habe ich das Gefühl, seit Ewigkeiten nur dagelegen zu haben. Vermutlich sind jetzt die schlimmsten Entzugserscheinungen durch. In einem normalen Leben, in dem nicht über uns bestimmt würde, wäre jetzt der Zeitpunkt, clean zu bleiben. Wir könnten essen, was wir wollten, Cola trinken und den Geruch vom Ozean riechen. Es gäbe Menschen, nette Menschen, die uns dabei helfen würden, wieder im Leben Fuß zu fassen, aber in unserer Realität sind die Spritzen das kleinste Problem. Sie machen uns unsere Existenz erträglich.

Cabbage kommt auf mich zu. Sein Gesicht hat etwas Farbe abbekommen, was seine Augen weniger schwarz erscheinen lässt. «Scheiße, wo wart ihr? Wir brauchen das Zeug!» Langsam hieve ich mich hoch, um ihm gegenüberzustehen.

«Lo sentimos, Bonita. Wir mussten ein paar … Wie sagt ihr Americanos dazu? Altlasten? … Entsorgen.» Ich wünsche, ich hätte niemals gefragt. Wieder muss ich an die Schreie denken und an den lauten Knall, der durch das Gebäude gehallt ist. Mein Atem beschleunigt sich.

«Werde niemals alt, por favor.» Seine Finger legen sich auf meine Wange und ein ungewohnt starker Ekel überkommt mich. So habe ich mich nicht mehr gefühlt, seit dem Beginn meiner Zeit hier. Es kostet mich alle Kraft nicht zurückzuweichen, schließlich soll er uns gut gesinnt sein.

Ich frage mich, wie lange er diese eigenartige Fixierung auf mich noch hat. Fifty kommt und geht, wie ein Gefängniswärter das wohl tun würde, aber Cabbage verlässt unser Verlies nie, ohne mich nicht einmal berührt zu haben. Dabei dachte ich, seine anfängliche Fixierung auf mich würde sich mit jedem *Kunden*, den ich bedienen muss, abschwächen, aber das tut sie nicht. Stattdessen scheint er es toll zu finden, mich den Männern als seine Puta vorzustellen.

Ich brauche dringend eine Spritze, um all die plötzlichen Gedanken und Erinnerungen zu ertragen. Es ist, als ob das ganze Leben hier drin plötzlich auf mich einstürzen würde. Die Nüchternheit quält mich und Grata ganz sicher auch. Also hebe ich meinen Blick, bis ich in Cabbages schwarze Augen sehe. Manchmal bin ich überzeugt, dass sich darin das Böse widerspiegelt. «Bitte, wir brauchen Nachschub. Wasser, Essen und …»

«Du bekommst was, aber la niña hier hat einen unserer Kunden verärgert. Sie kriegt nichts.»

«Bitte wir warten schon so lange. Sie braucht Wasser und etwas zu Essen.» *Und die Droge.* Er sieht mich lange an, aber ich weiß, dass er eigentlich nicht überlegt. Mein nüchterner Verstand erkennt die Zusammenhänge besser. Cabbage macht das oft. Erpresst mich emotional mit Grata und ich lasse es ihm durchgehen. Irgendjemand muss sich um das Mädchen kümmern.

«Du könntest mich umstimmen …» Er wirft mir diesen einen Blick zu und ich weiß, was zu tun ist. Grata schüttelt den Kopf, aber es ist mir egal. Ich sehe ihm zu, wie er die Hose aufknüpft. So schwer ist es mir schon lange nicht mehr gefallen. Alles in mir opponiert.

11.

Lex! Einzig sein Name schießt durch meinen Kopf.

Maloya, heute

Als die Türklingel das zweite Mal aufkommt, gebe ich es auf. Wer auch immer beschlossen hat, uns an einem Samstag so früh zu wecken, es wird ganz sicher wichtig sein. Ich lasse Rob weiterschlafen, lege mir einen Morgenmantel um und sehe durch den Türspion. Drei Männer stehen in unserer Auffahrt, zwei davon sind uniformiert. Sofort öffne ich die Tür.

«Mrs. West?» Ich nicke. Die Police Officers stellen sich mir vor und verlangen nach Rob. Als ich ihn holen will, steht er schon auf der Treppe. Zusammen treten wir wieder an die Tür. «Mr. West, wir müssen ihnen leider mitteilen, dass in ihrem Unternehmen eine Razzia mit anschließender Verhaftung stattgefunden hat.» *Lex!* Einzig sein Name schießt durch meinen Kopf.

«Ich verstehe nicht ganz», sagt Rob vorsichtig. «Wenn Sie bitte zum Lagerhaus mitkommen könnten, können wir ihnen die Sachlage erklären. Wir müssten dann auch noch etwas Papierkram erledigen», antwortet der am nächsten stehende Officer. *Wurde Lex verhaftet?*

Ich verköstige die drei mit Kaffee, während Rob sich anzieht. Leider lassen sie sich keine Informationen aus der Nase ziehen. Ich werde mich wohl gedulden müssen, bis Rob dann wieder nach Hause kommt. Währenddessen komplimentieren sie mich zu unserer schönen Villa und dem köstlichen Kaffee. Ich zucke mit den Schultern. Unser Kaffee ist vollkommen herkömmlich von Walmart und ich mag es nicht, wenn jemand unser Haus als Villa bezeichnet. Es klingt so unpersönlich. Zum Glück kommt Rob sehr bald in die Küche und alle brechen auf.

Sobald er die Tür hinter sich zuzieht, lasse ich mich aufs Sofa fallen. Plötzlich fühle ich mich schlecht, weil ich mich die ganze Zeit über um Lex sorge, dabei könnten sie vielleicht auch Rob einen Vorwurf machen. Das, was die Razzia zutage förderte, wurde immerhin in seiner Firma gefunden.

Ich entscheide mich gegen meinen Morgen-Kaffee und setze Wasser auf. Vermutlich hilft mir ein Tee gerade besser.

Mit der dampfenden Tasse setze ich mich wieder aufs Sofa und beginne, auf dem Handy alle Nachrichtenseiten zu prüfen. Die Hoffnung, dass mir die Medien eine meiner Fragen beantworten, wird leider nicht erfüllt.

Lex meinte doch, er würde etwas unternehmen. Was, wenn er der Polizei einen Tipp gegeben hat? Irgendwie kann ich mir das nicht vorstellen. Er hatte zu großen

Respekt vor den anderen Beteiligen. Oder vielleicht hat sich Robs Verdacht bestätigt und Lex wurde doch festgenommen? Dann wäre er aber nicht so überrascht gewesen.

Meine Gedanken laufen heiß, während der Tee kalt wird. Um halb zehn, also über eine Stunde, nach dem die Polizei da war, mache ich mir eine neue Tasse. Während ich sie trinke, schalte ich im TV eine Kochsendung ein, um mich etwas abzulenken. Es funktioniert zwar nicht sonderlich gut, aber wenigstens vergeht die Zeit schneller.

Gegen Mittag höre ich einen Wagen vorfahren. Sofort schalte ich den Fernseher aus und eile zur Tür. Irgendwie breitet sich in mir die ungewollte Hoffnung aus, dass Lex hier ist. Rob kann es jedenfalls nicht sein, denn der hätte die Garage benutzt. *Weshalb sollte Lex zu dir fahren, Dummerchen?*

Ich öffne die Tür und Ernüchterung, gepaart mit plötzlicher Genervtheit, machen sich in mir Platz. «Hi Violett», sage ich schlicht, denn heute fehlt mir die Lust auf Spielchen. Ich lasse sie eintreten und biete ihr etwas zu trinken an. Sie will einen schwarzen Kaffee mit Wasser. Natürlich macht sie sich nicht die Mühe, mir ihre Hilfe anzubieten.

«Es ist schrecklich, nicht wahr?», fragt sie mich und verzieht dabei ihr bemaltes Gesicht. Wie viel sie wohl weiß? «Ja, wirklich schrecklich. Ich mache mir Sorgen um das Firmenimage. Weißt du schon, was gefunden wurde und wer verhaftet wurde?» Ich bin ein bisschen stolz auf meine diplomatische Antwort.

«Sie haben über 500 Pfund Kokain gefunden», erklärt sie mir. Ihre Mimik wirkt dabei tatsächlich noch abfälliger, als ihre sonstige Reaktion auf mich. Drogen findet sie also schlimmer als mich. Gut zu wissen.

500 Pfund sind unglaublich viel. Lex musste Bescheid gewusst haben. Die Menge nimmt sicher einiges an Platz ein. Ob Rob und Cyril auch davon wussten? War das der Verdacht, den sie gegenüber Lex hatten?

«Denkst du, unsere Ehemänner wussten davon?»

«Nein, das kann ich mir nicht vorstellen. Sie wurden ganz bestimmt hinters Licht geführt.»

«Und Lex? Denkst du, das waren seine Drogen?»

«Maloya, lass uns bitte das Thema wechseln. Ich bin hierhergekommen, weil ich Ablenkung brauche.»

In diesem einen Punkt scheinen wir uns wenigstens mal einig. Wir brauchen beide dringend Ablenkung. «Spielst du Karten?» Ihr Gesichtsausdruck ist Goldwert, aber schlussendlich willigt sie ein.

Wir spielen mehrere Stunden und leeren dabei zwei Flaschen Wein. Es gibt wenige Frauen die Poker spielen können und es wundert mich umso mehr, dass Violett ausgerechnet dazu gehört, aber sie schlägt sich gut. Wir simulieren die Einsätze mit Wäscheklammern, was das Ganze zum perfekten Hausfrauenspiel macht.

Egal, wie lange wir spielen, die Klammern bleiben immer mehr oder weniger gleichmäßig auf dem Tisch verteilt. Unsere Strategien sind sich sehr ähnlich und allmählich vergesse ich meinen Groll gegenüber Violett. Für einen Moment wirkt es, als könnten wir richtige Freundinnen sein.

Am späten Nachmittag kommt Rob nach Hause. Er wirkt matt und erschlagen, als er durch die Garagentür kommt. Violett begrüßt ihn und macht sich dann auch auf den Weg, um Cyril in Empfang zu nehmen.

Sobald die Tür hinter ihr ins Schloss fällt, stützt Rob seine Unterarme auf die Arbeitsfläche in der Küche und rauft sich die Haare. «Willst du einen Schluck Bourbon?»

«Bitte», murmelt er in seine Hände. Ich hole die Flasche mit seinem Lieblings-Bourbon aus der Bar und fülle das dazugehörige Glas weit über die Markierung hinaus. Er hört, wie ich den Drink auf die Marmorplatte stelle und hebt seinen Blick. Er sieht müde und abgespannt aus.

«Soll ich dich ein wenig massieren und du erzählst mir, was passiert ist?» Einerseits will ich ihm nicht die Belastung aufbürden, alles noch mal erzählen zu müssen, aber ich brauche dringend Gewissheit.

«Nein.» Seine Antwort ist klar und deutlich. Sie fühlt sich an wie eine Abweisung, auch wenn ich eigentlich verstehe, dass er gerade nicht in Stimmung ist. Dennoch wollte ich ihm nur etwas Gutes tun.

«Sorry Liebling. Ich habe gerade einfach keine Nerven dazu. Hinzu kommt, dass auf meiner To-do-Liste noch etliche Telefonate stehen mit Versicherungen, Medien und anderen Beteiligten.» Ich will ihn dennoch bitten, mir die Kurzvariante zu erzählen. Vor allem will ich endlich wissen, wer nun verhaftet wurde. Er steht jedoch direkt auf und geht zur Treppe. «Ich bin im Arbeitszimmer, warte mit dem Essen nicht auf mich.» Und schon wieder bin ich allein mit meinen Gedanken.

Wiedermal bin ich froh, Rob gebeten zu haben, keinen Putzdienst zu engagieren. Ich mag es, Oberflächen zu reinigen, bis sie glänzen oder Flecken aus Stoff so zu entfernen, dass nichts mehr daran erinnert. Die Hausarbeit beruhigt mich. Sie ist das, was ich gerade wirklich brauche.

So beginne ich, alle Küchenschubladen auszuräumen und von innen zu reinigen. Ich schüttle Krümel und Gewürzreste aus den Schubladen, dann reinige ich sie von allen Seiten mit einem Desinfektionsspray. Mit jedem Fach, das ich mit einer weiß glänzenden Schublade wieder befülle, fühle ich mich ein bisschen ruhiger. Diese Arbeit befriedigt mich und lenkt mich genügend ab.

Als Rob wieder herunterkommt, ist es draußen schon dunkel. Dennoch erkenne ich die Erschöpfung auf seinem Gesicht schon, bevor er im beleuchteten Küchenbereich steht. Er sieht keineswegs besser aus als heute Mittag. «Liebling ich muss nochmal weg.» Er küsst mich auf die Wange und geht direkt zur Garagentür. «Tut mir leid Loya», ergänzt er noch und verschwindet.

In Momenten wie diesen fühle ich mich hilflos, was mich wiederum wütend macht. Wieso kann er sich mir gegenüber nicht so öffnen, wie ich mich ihm? Er unterstützt mich immer bei all meinen Problemen, weil ich ihm davon erzähle. Ich lasse ihn teilhaben. Er schließt sich in solchen Fällen ein und versucht, alles allein zu lösen. Aus meiner Sicht ist das nicht der Sinne einer Ehe. *Tu das nicht! Du hast ihm so viel zu verdanken.*

Sofort tadle ich mich. Ich sollte unsere Beziehung nicht infrage stellen. Es ist in letzter Zeit viel passiert und vermutlich bin ich einfach überempfindlich. Das zwischen uns war noch nie eine herkömmliche Ehe. Zu so etwas bin ich vermutlich nicht fähig. Uns fehlte es schon immer an dieser Leidenschaft, die die Augen von Romanlesern zum Glänzen bringen. Wir dagegen haben Beständigkeit und Sicherheit. Diese zwei Eigenschaften bedeuten mir mehr als jedem anderen.

Deshalb sollte ich mich auch um Rob sorgen und nicht ständig an Lex denken. Lex wirkt einfach wie ein

Mysterium auf mich und darum beschäftigt er mich gerade so extrem. Basta! Es liegt nicht daran, wie er mich gehalten hat oder, dass er mir, im Gegensatz zu Rob, das Gefühl gab, es wert zu sein, vorab informiert zu werden. Also denke ich jetzt einfach nicht mehr an ihn. Lex ist es gar nicht wert, dass ich ... Shit!

12.

Robert, heute

Alles geht den Bach runter! Ich kann es nicht glauben, dass ausgerechnet meine Frau diese ganze Katastrophe ausgelöst hat. Sie und dieser verdammte Chad. Hoffentlich schmort er für immer im Gefängnis dafür, was er Maloya angetan hat.

Ich manövriere meinen Aston Martin in eine Parklücke am Straßenrand und gehe dann die paar Yards zu Fuß zur Bar. Die angenehme Abendluft mildert meine bitteren Gedanken jedoch nicht.

Ich muss dringend einen Weg finden, das Geld für das Kokain anders einzunehmen. Am besten so, dass Cyril nie davon erfährt, dass ich Big Birds Geld genutzt habe, um unsere Privatschulden zu bezahlen. Cyril würde es ihm sofort stecken und dann bräche die Hölle los.

In einem Versuch, mich auf das Positive zu konzentrieren, erinnere ich mich, dass wenigstens Lex nicht verhaftet wurde. Ich wüsste nicht, wie West Imports den Betrieb ohne ihn aufrechterhalten sollte. Er hatte wohl recht, als er uns vor dem Kokain Deal warnte.

Anfangs war ich unglaublich wütend auf ihn, weil er es partout nicht zulassen wollte, aber dann hatten wir uns darauf geeinigt, dass er sich raushält und das war okay. Es braucht ihn auch nicht zu interessieren, schließlich ist er nur angestellt und nicht finanziell beteiligt.

Nun sieht es allerdings anders aus. Wenn Big Bird zu Ohren kommt, dass ich versucht habe, unsere Kasse mit Drogen aufzufüllen und diese dann bei der Polizei gelandet sind, werden Köpfe rollen. Daher brauchen wir schnell einen Ausweg.

Ich betrete die Bar und suche im Schummerlicht nach Violett. Sie sitzt in einer Lounge neben der Bar, in der einen Hand einen exotischen Drink mit Schirmchen, in der anderen einen Lippenstift. Was soll's, sage ich mir. Ich brauche jetzt sowieso eine hohe Dosis Alkohol, das wird sie und alles andere erträglicher machen.

Ich begrüße sie gar nicht erst, als ich mich in die Nische setze. «Also was ist los?»

«Ich kann Cyril nicht erreichen und heimgekommen ist er auch nicht.» Ich bestelle beim Kellner einen doppelten Balmorhea von Garrison Bros., bevor ich ihr die wichtigste Frage stelle. «Denkst du, er will sich aus dem Staub machen?»

«Nein, der taucht schon wieder auf.» Sie winkt ab. «Ich wollte heute Abend nicht allein sein», schnurrt sie weiter und setzt sich auf meine Seite des Tisches. Ihr nacktes Knie berührt mein Bein leicht und ich lasse sie gewähren. Der Bourbon wird gebracht. Ich begleiche ihren Drink gleich mit.

Angenehm fließt die Flüssigkeit meine Kehle herunter, um mich dann von innen zu wärmen. Ich wünschte, es gäbe etwas anderes, etwas nicht so Zerstörerisches, das dieses Gefühl in mir auslösen könnte.

Wir schweigen beide eine Weile und gehen unseren Gedanken nach. Auch ihr wird bewusst sein, dass das Heute weitreichende Konsequenzen haben kann. Pleite zu gehen, wäre vermutlich noch am humansten zu dem, was uns droht. Vielleicht wirft sie sich mir deshalb wieder mal an den Hals.

Ihre Fingernägel kratzen über meine Stoffhose, während sie ihre Hand langsam meinen Oberschenkel hoch gleiten lässt. «Wir sollten hier nicht grübeln. Wir sollten feiern.»

«Ich wüsste nicht, weshalb mir zum Feiern zumute sein soll», sage ich trocken.

«Du solltest das nicht so eng sehen. Du hast doch Geld, oder?» *Nein.*

«Ja klar, aber was soll uns das jetzt bringen?», frage ich.

«Damit wirst du das Problem schon lösen können.» Ihre Hand liegt verdammt nahe an meinen Weichteilen. Wenn sie so weitermacht, ist ein Teil davon nicht mehr lange weich. Ich kann diese Frau zwar nicht ab, aber nichtsdestotrotz reagiert mein ausgehungerter Körper auf eine warme Frauenhand.

«Cyril sagt immer, es gibt kein Problem, das nicht mit Geld gelöst werden könnte.» Die Erwähnung ihres Ehemannes und meines Geschäftspartners hilft, die Weichteilsituation wieder in den Griff zu bekommen. Es erstaunt mich nicht im geringsten, dass Cyril so was zu sagen pflegt.

«Ich werde jetzt gehen. Wir besprechen den Rest, wenn dein Mann wieder zurück ist.» Ich kann es nicht vermeiden, das Wort Mann besonders streng zu betonen. Sie lässt sich davon jedoch nicht beirren. Nicht, dass ich das erwartet hätte. Wenn die wüsste, wohin das ganze Geld wirklich geflossen ist ...

«Robert du musst dich entspannen. Lass mich dir helfen.» Diesmal wandert ihre Hand zielstrebig zwischen meine Beine, um mich dort zu massieren. Ich bin mittlerweile so arm dran, dass ich sofort auf sie reagiere. Es wird nun doch zu einer Hartteilsituation. Bevor sie daraus großartig Schlüsse ziehen kann, stehe ich auf.

Mit einem knappen «Gute Nacht» verabschiede ich mich und gehe. Bei meinem Wagen angekommen zweifle ich kurz meine Fahrtüchtigkeit an, entscheide dann aber, dass es die einzige Option ist. Der Aston darf hier nicht länger als vier Stunden stehen und mich von Loya abholen zu lassen, kommt überhaupt nicht infrage.

Ich lasse mich in meinen weichen Ledersitz fallen und starte den Motor. Sicher lenke ich den Wagen durch den nächtlichen Verkehr. Keine Viertelstunde später fahre ich ihn unsere Garage.

Im Haus sind alle Lichter aus und die Alarmanlage eingeschaltet. Ich trete fester als nötig auf die Treppenstufen in der Hoffnung, Loya damit zu wecken. Es funktioniert einwandfrei. Als ich durch unsere Schlafzimmertür trete, sitzt sie aufrecht im Kingsize Bett. «Es tut mir leid, ich wollte dich nicht wecken.» Das ewige bisschen Ehe-Geflunker.

Sie klopft neben sich aufs Bett. «Ist schon okay. Ich konnte eh nicht richtig schlafen. Komm schon her.» Ich ziehe Hemd und Hose aus, was sie dazu veranlasst wegzusehen. Innerlich verdrehe ich die Augen. Ich bin überzeugt, es gäbe noch einige Frauen da draußen, die mir gerne beim Ausziehen zusehen würden.

Wie geheißen krieche ich neben ihr ins Bett, sobald ich nur noch die Unterhose trage. Mehr zu meiner als zu ihrer Beruhigung ziehe ich Maloya an mich. Sie schmiegt sich in meine Arme und ihr Bein berührt dabei meinen Unterleib. Egal wie vorbelastet unsere Beziehung ist, mich überkommt immer eine Welle der Zuneigung, wenn ich Loya sehe.

«Weißt du, was ich jetzt brauche?», flüstere ich ihr ins Ohr. «Was?», fragt sie unschuldig. «Dich!» Ich küsse sie und drehe sie gleichzeitig auf den Rücken, damit ich über sie steigen kann. Sie lässt es brav geschehen. Während wir uns küssen, verfliegt ein Teil meiner ursprünglichen Geilheit wieder.

Maloyas Art, mich auf ihr und in ihr zu erdulden, spricht den animalischen Teil meiner Sexualität nicht an. Es fühlt sich für mich an, als wäre es für sie eine eheliche Pflicht, der sie beinahe regungslos nachgeht.

Dennoch hat sie mir immer wieder versichert, dass auch sie diese Art der Vereinigung brauche. Manchmal denke ich, sie will es mir einfach nicht entsagen. Aber dann, wenn sie mich nach mehreren Wochen Pause fragt, ob ich wieder mal Liebe mit ihr machen könnte, glaube ich plötzlich wieder, dass sie es eben auch braucht.

Ich küsse sie weiterhin zärtlich, um ihr das zu geben, was sie braucht. Währenddessen denke ich an etwas Scharfes, um genügend hart zu werden, damit ich auch mir holen kann, was ich brauche. Nebenbei fummle ich im Nachtisch nach einem Kondom, denn ungeschützt möchte ich nicht dahin, wo schon so viele waren.

13.

Kyle Eliot, damals

Die Menthol Salbe unter meiner Nase brennt in der Wüstensonne, während mein Partner und ich neben den drei Frauenleichen stehen. «Scheiße Prawn. Ich hatte wirklich gehofft, die hier hätten kein OWL-Tattoo», sage ich und drehe mich von diesem schrecklichen Anblick weg.

«Scheiße Eliot. Ich hätte gehofft, wir müssten nie wieder in die verdammte Wüste, um die verdammte Identität von verdammten halb verwesten Leichen zu prüfen», doppelt mein Partner nach.

Widerwillig sehen wir uns das Gesicht der letzten Frau an und nicken einander zu. Ich bin mir sicher, sie auf unserer Liste von Vermissten, die vermutlich Opfer von OWL wurden, gesehen zu haben. Auch mein neuer Partner, FBI Agent Lyncoln Prawn erkennt sie wieder. Um das zu wissen, müssen wir nicht reden.

Während wir mit den ersten Beamten vor Ort sprechen, bringt uns ein junger Police Officer zwei Flaschen Wasser. Erst jetzt wird mir bewusst, wie trocken meine Kehle eigentlich ist.

108

Dankbar nehme ich die Flasche an und genieße, wie mir das Kondenswasser über den Handrücken läuft. Sofort mischen sich die Tropfen mit dem Wüstenstaub, der sich schon auf meinem Körper angesammelt hat. Es ist wahrlich ein gottloser Ort hier draußen.

Nach dem wir mit allen gesprochen haben, verabschieden wir uns. In unserem Wagen drehen wir die Klimaanlage voll auf und fahren wieder nach El Paso in unser FBI Field Office. Währenddessen wechseln wir kein Wort, aber das ist auch nicht nötig. Ich spüre die Frustration in mir pulsieren.

Dort angekommen dusche ich erstmal. Die Leichen werden uns nicht mehr davonlaufen. Ich lasse das Wasser den Wüstenstaub und auch den gefühlten Schmutz abwaschen. Auch danach will mir der Geruch von verwesenden Menschen nicht aus der Nase, aber wenigstens fühle ich mich etwas besser.

Wir treffen uns in einem leeren Büro und sehen uns dort die Fotos der vermissten Frauen durch. Es ist eine mühsame Aufgabe und wir haben sie nun schon viel zu oft gemacht.

«Was denkst du, ist mit der passiert, von der der Doc meint, sie wurde postmortal in der Wüste abgelegt?», fragt mein Partner mich. «Vermutlich hat sie sich zu gut gewehrt. Aber sie ist die Erste mit dem Tattoo, die nicht am Fundort getötet wurde.»

Als wir die drei passenden gefunden haben und noch mal die Steckbriefe der 36 übrigen durchackern, sieht mein Partner mich schockiert an. «Kyle!» Daran, dass er ausnahmsweise meinen Vornamen verwendet merke ich, dass etwas Bedeutendes folgt. «Sie töten die Frauen meist, wenn sie Mitte zwanzig überschritten haben richtig?»

«Ja», bestätige ich und ergänze: «Vermutlich wollen sie sie dann loswerden, weil sie nicht mehr nützlich sind.»

«Dann werden wir das nächste Mal sechs Leichen finden.»

«Warum zur Hölle sagst du so was?»

«Sieh mal, die hier werden alle bald fünfundzwanzig», erklärt er. Die unsichtbaren Fesseln um meine Brust werden noch enger. Die Last des Wissens raubt mir den Atem. Und noch immer gibt es keine Aussicht darauf, dass wir diese Dreckschweine bald finden werden. OWL, Organisation Without Limits. Sie haben den Namen nicht umsonst gewählt.

14.

Maloya, heute

Als am Montagmorgen der Wecker klingelt, ist die rechte Seite unseres Betts schon leer. Matt strecke ich die Hand aus und spüre das kalte Laken. Vermutlich wachte Rob schon früh auf. Heute wird für ihn sicher kein einfacher Tag, immerhin trifft er sich gleich, wie er es genannt hat, mit den restlichen Mitgliedern der *Geschäftsleitung* und den Marketingspezialisten, um die Auswirkungen der Razzia kleinzuhalten. Was auch immer das nun heißen mag. Üblicherweise hätte er Cyril und Lex gesagt, nicht *restliche Mitglieder der Geschäftsleitung*. Ich atme tief durch, um die Beklemmung zu lösen. Vermutlich wurde er wirklich verhaftet.

Ich verstehe Robs Nervosität, bin aber dennoch enttäuscht, dass er mir den ganzen Sonntag aus dem Weg ging und mir noch immer nicht gesagt hat, was wirklich passiert ist. Als ob ich es irgendjemandem erzählen würde. Dabei will ich ihm doch wirklich nur ein bisschen der Last von den Schultern nehmen.

Ich raffe mich aus dem Bett hoch und gehe meiner morgendlichen Routine nach. Der Fehler, ohne Frühstück aus dem Haus zu gehen, passiert mir nicht noch einmal. Dennoch lasse ich es mir nicht nehmen, alles schneller als üblich zu erledigen. Es fühlt sich schon fast an wie Stunden, während der Kaffee langsam in die Kanne rinnt.

Rob ging wohl ohne Frühstück los, es liegt kein unbenutztes Geschirr herum und auch sonst weist nichts darauf hin, dass er heute Morgen lange hier war. Er tut mir leid. In der Firma steckt sein ganzes Herzblut, daher ist es nichts als logisch, dass die Vorkommnisse ihn mitnehmen.

Kurz entschlossen suche ich meinen Coffee-to-go-Becher raus und befülle ihn. So kann ich schnellstmöglich los, ohne auf meine übliche Dosis Koffein zu verzichten. *Bald weißt du, ob Lex verhaftet wurde.*

Ich steige in meinen kleinen Chevy und widerstehe dem Drang, an meiner Lieblingstankstelle zu halten. Vielleicht kann ich später was aus dem Snackautomaten holen.

Erst als ich ins Firmenparkhaus fahre, merke ich, wie mich wieder leichte Angst packt. Meine Handflächen sind feucht und meine Knöchel treten weiß hervor, weil ich mich so sehr am Lenkrad festkralle. *Beruhige dich! Lex meinte, es kann dir nichts passieren, wenn du dich ruhig verhältst.* Aber was ist, wenn Lex nicht mehr da ist? Was wird dann eigentlich aus der Sache mit Chad?

Einatmen, ausatmen, einatmen, ausatmen, einat…

Ein lautes Hupen holt mich wieder in die Realität zurück. Anscheinend bin ich mitten in der Zufahrt stehen geblieben. Ich reiße mich, so gut es geht, zusammen und parke mit zitternden Händen ein.

Bevor ich aussteige, scanne ich wieder das Parkdeck ab. Heute steht eine Menschentraube vor dem Aufzug. Ich steige schnellstmöglich aus und geselle mich zu den Wartenden, um nicht allein sein zu müssen.

Während ich auf mein Büro zugehe, lasse ich den Blick durch den Gang und die angrenzenden Glasbüros schweifen. Es befinden sich erstaunlich viele Leute hier, wo sie sich doch sonst immer rarmachen, wenn die ganze Geschäftsleitung hier ist.

Ich drücke die Türklinke meines Büros nach unten und gehe einen Schritt vor. Mein Kopf prallt geräuschvoll gegen die Scheibe, weil sich die Tür kein Stück bewegt. Toll. Anscheinend wurde das Schloss endlich repariert.

Ich widerstehe dem Drang, die pochende Stelle an meiner Stirn anzufassen und suche die Schlüssel in meiner Handtasche. Dabei bin ich mir den Blicken aus den umliegenden Büros nur allzu bewusst. Sobald ich endlich in meinen vier Glaswänden bin, drehe ich mich zum Wasserkocher hin und befühle meine Stirn. Sie schwillt bereits an, es scheint aber keine Platzwunde gegeben zu haben. Die Verletzung ist ein Klacks zu dem, was ich schon alles erlebt habe.

Mit einer Tasse Beruhigungstee setze ich mich an den Computer und öffne Robs Kalender. Anscheinend war der Termin auf sieben Uhr angesetzt, kein Wunder also, dass ich allein erwacht bin.

Sofort prüfe ich, ob Lex auch zu dem Termin eingeladen wurde, aber meine Berechtigungen reichen dazu leider nicht aus. In Lexs Kalender sehe ich allerdings einen geblockten Balken zur exakt selben Zeit.

Wäre er verhaftet worden, hätten sie ihn sicherlich nicht zu diesem Meeting eingeladen. Ich habe das erste Mal seit Tagen wieder das Gefühl, freier atmen zu können. Die Anspannung ist zwar nicht komplett weg, aber dennoch fühle ich mich viel beruhigter.

Es hat nicht nur mit ihm selbst zu tun, sondern auch mit mir. Ich habe keine Ahnung was da gelaufen ist, aber anhand Lexs Reaktion auf dem Parkplatz muss ich davon ausgehen, dass Chad durchaus Cabbage sein könnte. Wenn er es tatsächlich ist und in irgendein Drogengeschäft mit anderen Mitarbeitern von West Import verwickelt ist, tue ich gut daran, mich zurückzuhalten.

Ich kann mich allerdings auch nicht ewig vom Lager fernhalten. Wenn Lex weg wäre, dann müsste ich wohl Agent Prawn Bescheid sagen. Dann wiederum wäre ich aber in Gefahr, wenn ich Lex glauben will und das tue ich, wenn auch widerwillig.

Ihr Meeting ist erst in einer Stunde fertig, also bleibt mir nichts anderes übrig, als abzuwarten. Da, wo Lex und mein wöchentliches Meeting allerdings eingetragen wäre, steht nichts. Vermutlich hat er gerade andere Sorgen. Ich krame in meiner Handtasche nach Kleingeld und hole mir einen Schokoriegel aus dem Automaten. Damit setze ich mich wieder an meinen Arbeitsplatz und versuche vergebens, mich zu konzentrieren. Das Endprodukt ist, dass ich eine geschlagene Stunde auf den Desktop Hintergrund starre und mir alle möglichen Szenarios ausdenke, in denen Lex unschuldig in diese Drogengeschichte gestolpert sein könnte.

Kurz bevor der Termin enden müsste, hole ich mir eine Cola aus dem Automaten, um damit meine Stirn zu kühlen. Ich hoffe, die Schwellung etwas zu mildern, weil sie mir langsam aufs Augenlid drückt. Gerade als ich wieder auf dem Rückweg zu meinem Büro bin, kommt Lex aus dem Sitzungszimmer neben Robs Büro. Er sieht aus wie immer und wirkt damit auf mich irgendwie gefasst. Nicht so mitgenommen wie Rob. Ob das etwas Gutes ist?

Er bleibt einen kurzen Augenblick stehen und starrt auf die Schwellung in meinem Gesicht. Zum Glück sieht er nicht auf meinen Mund, denn allen Umständen zum Trotz muss ich lächeln. Ich bin so erleichtert, dass er hier steht. Gerade als ich ihm erklären will, wie es zu dieser Blessur gekommen ist, räuspert sich Rob hinter ihm. «Liebling, gut das du da bist. Du kannst direkt reinkommen.»

Ich reiße mich von Lexs Anblick los und betrete das Sitzungszimmer. Rob lässt die Leute vom Marketing raus und schließt die Tür hinter ihnen. Ich bemühe mich, nicht die Nase zu rümpfen, denn die Menschenansammlung von vorhin liegt noch in der Luft.

Auf dem Stuhl am Ende des großen Tischs sitzt Cyril, der weiter ungestört auf seine Laptop-Tastatur einhackt. «Was kann ich für dich tun?», frage ich Rob, denn wenn Cyril hier ist, wird es vermutlich um den neuen Lieferanten gehen.

«Chad wurde am Samstag verhaftet.» Das lässt vermuten, dass Lex tatsächlich was der Polizei gesteckt hat. Aber weshalb sagt Rob mir das? Schließlich habe ich ihm nie erzählt, dass Lex mich in die Irre geführt hat.

Cyril sieht über die Kante seines Bildschirms zu mir und auch Rob beobachtet mich genau. Es kommt mir vor, als würden sie meine Reaktion sehen wollen. «Wir fragen uns, ob es einfach Zufall war, dass dieser Chad in Illegales verwickelt ist, oder ob er vielleicht doch der war, für den du ihn erst hieltest. Vielleicht hat er sein Aussehen etwas verändert, damit du ihn nicht mehr wiedererkennst?», fragt mich Rob weiter.

Ich verspüre keine Lust, ihm zu erklären, wie nahe ich Cabbage immer wieder kommen musste und, dass es vermutlich niemanden gibt, der ihn deutlicher in Erinnerung hat als ich.

Lex war überzeugt, dass Rob zu seiner Sicherheit so wenig wie möglich wissen sollte. Das Letzte, was ich will, ist, meinen Mann in Gefahr zu bringen, daher bleibe ich bei meiner Version. «Nein Robert. Es war definitiv nicht er. Tut mir leid, falls dich das enttäuscht.» Mein Tonfall wurde gegen Ende etwas schnippisch. Ich kann mir selbst nicht erklären weshalb.

Rob mustert noch mal eingehend mein Gesicht, dann tritt er an mich ran. Er zieht mich in eine innige Umarmung. Ich spüre, wie er die Nase an meinem Hals vergräbt und tief einatmet. Dann streicht sein warmer Atem über meine Haut. Ich seufze gelöst und lasse mich noch etwas mehr gegen ihn sinken. Ich bin so froh, dass er sich endlich wieder ein bisschen Emotionalität zugesteht.

«Cyril und ich müssen gleich nach Phoenix. Wir sind mit dem CEO von Legacy of Beer zum Golfen verabredet. Wir werden dort essen und vermutlich auch übernachten, außer wir sind wirklich früh fertig. Ist das okay für dich?» Er fragt so etwas selten. Das muss er auch nicht. «Ja, alles gut», sage ich und nicke ihm dabei zu. Hoffentlich kann er etwas Entspannung beim Golfen finden.

Ich ziehe mich wieder in mein Büro zurück und arbeite mich durch die neuen Aufträge. Es sind noch einige unbearbeitete vom Freitag dabei. Sie erinnern mich daran, wie Lex und ich auf dem Parkplatz gestritten haben. Er versprach mir, etwas zu unternehmen. War es das nun? Wenn ja, dann könnte ich Rob ja alles erzählen? Vor allem, weil er Lex sicherlich noch immer verdächtigt. *Vielleicht verdächtigt Rob ihn zurecht?*

Da Chad, ob nun Cabbage oder nicht, weg ist, sollte nichts mehr dagegensprechen, ins Lager zu fahren. Ich lege mir die Aufträge, die ich mit Lex besprechen muss, zur Seite und beschließe, am Nachmittag damit zu ihm zu fahren.

Die Zeit bis dahin vergeht schnell, weil ich so viel aufzuholen haben. Endlich ist auch mein Konzentrationsvermögen wieder da.

Gegen drei Uhr fahre ich mit den Unterlagen los. Als ich zehn Minuten später beim Lager ankomme, schweift mein Blick als Erstes zu den Mitarbeiter-Parkplätzen. Der rote Sedan fehlt. Das war's also.

Ich gehe durch die Halle und begrüße hier und da ein bekanntes Gesicht. Die Mitarbeiter hier wechseln oft, daher kenne ich nur die wenigsten von ihnen. Dann gibt es auch noch die, die einen großen Bogen um mich machen, weil ich nun mal die Frau vom Chef bin. Daran habe ich mich gewöhnt. Es stört mich nicht.

An einem der Regale stehen zwei Angestellte und lästern über mich. Offensichtlich geben sie nichts auf den sonstigen Tratsch, sonst wüssten sie, dass ich jahrelang in

Mexico war und auch, dass ich jedes Wort ihrer spanischen Unterhaltung problemlos verstehe. Ich gehe einfach weiter, denn ich kann ihnen nicht verübeln, dass es sie nervt, dass ich ohne Ausbildung eingestellt wurde.

Ich sehe Lex durch das Glasfenster an seinem Büro. Er hat den Kopf auf die Hand gestützt und scheint vertieft ein Papier zu lesen. Er bemerkt mich noch nicht mal, als ich schon im Türrahmen stehe.

Da ich ihn nicht unterbrechen will und es mich reizt zu testen, wie lange er braucht, um mich zu bemerken, bleibe ich auf der Schwelle stehen. Ein paar Sekunden kann ich ihm zusehen, wie er die Worte vom Blatt aufsaugt und dabei ganz leicht den Kopf schüttelt. Anscheinend ist es etwas Negatives. Dann schnellt sein Kopf zu mir hoch.

«May! Was machst du denn hier?»

«Wir haben letzte Woche vergessen, unser Meeting einzutragen, also dachte ich, ich komme einfach kurz vorbei.» Ich sammle all meinem Mut zusammen. «Und ich möchte gerne kurz mit dir sprechen. Das heißt, wenn es dir nichts ausmacht», ergänze ich, bin aber nicht mal sicher, ob er es überhaupt hört. Er sieht sich nervös nach allen Seiten um, bevor er sich wieder mir zuwendet.

«Verdammt! Du sollst doch nicht hierherkommen.»

«Ich dachte, nach Samstag …» Ich spreche nicht weiter, denn offensichtlich lag ich falsch. Er lehnt sich im Stuhl zurück und rauft sich die Haare.

«Kennst du den Eastwood Park?» Ich nicke. «Wir treffen uns in einer Stunde dort, bei der Tribüne neben dem Baseball Feld.» Es war keine Frage. Anscheinend geht er davon aus, dass ich dort auftauche. Dann wendet er sich wieder dem Papier auf seinem Tisch zu.

«Bitte, geh jetzt! Du solltest wirklich nicht hier sein», sagt er etwas milder. Das und sein Blick bringen mich dazu, seinen Anweisungen zu folgen. Ich verlasse die Halle auf direktem Weg.

In meinem Wagen angekommen, brauche ich drei Anläufe, bis ich den Schlüssel endlich ins Zündschloss bringe. Mit pochendem Herzen fahre ich in Richtung Eastwood Park davon.

Ich werde viel zu früh dort sein, aber das ist mir egal. Das gibt mir etwas Zeit, ein paar klare Gedanken zu finden, bevor Lex auftaucht. Kurz frage ich mich, ob ich mich vor ihm fürchte, aber die Antwort ist: Nein. Wenn er mir etwas hätte antun wollen, dann wäre auf dem Parkplatz die beste Gelegenheit dazu gewesen.

Ich fürchte mich eher davor, dass er mir sagt, dass die Sache mit den Drogen noch nicht ausgestanden ist. Dass Rob noch immer in Gefahr sein könnte. Und vielleicht, bin ich auch einfach ein wenig aufgeregt, weil ich ihn schon wieder außerhalb der Firma treffe. Es fühlt sich intim an. Vor allem, weil wir uns, wenn auch nicht bewusst, die letzten zwei Mal sehr nahegekommen sind.

Ich stelle meinem Chevy unter einen Baum, damit die Frühlingssonne nicht darauf brennt und suche mir eine Parkbank. Es gab mal eine Zeit, in der wäre ich nicht aus dem Auto ausgestiegen. Ich hätte mich darin eingeschlossen und sogar dort wäre ich noch verängstigt gewesen. Es tut gut, dass ich mittlerweile so frei leben kann. Für Außenstehende mag es vielleicht nicht so erscheinen, aber für mich sind die verbliebenen Ängste und Einschränkungen Pipifax.

Gleich nahe der Tribüne steht eine Bank, die nur von den Spitzen eines Baumes beschattet wird. Ich setze mich darauf und lasse mich vom Wechsel zwischen Sonne und Schatten beruhigen. Die warme Luft fühlt sich aber noch immer angenehm frisch an. Eine wunderbare Mischung.

Ich sitze noch keine Viertelstunde hier, da sehe ich Lexs Pickup heranfahren. Also ist auch er kurz darauf losgefahren. Er steigt aus und kommt mit zwei Kaffee und einer Tüte auf mich zu.

«Wie kommt es eigentlich, dass du immer leicht hinkst?» Die Frage rutscht mir raus, bevor ich großartig darüber nachgedacht habe. Dementsprechend perplex sieht er mich an. «Ich hatte einen Unfall vor ein paar Jahren.» Aha. «Was ist passiert?», bohre ich weiter. «Ich bin auf einen Metallstift gefallen, der sich durch mein Schienbein gebohrt hat.» Das erklärt zwar nicht viel, aber ich belasse es dabei. Schließlich bin ich auch nicht viel offener mit Informationen zu meinen Gebrechen und Narben.

Ganz mit der Fragerei aufhören, kann ich allerdings nicht. «Du hast gesagt, es täte dir leid, was mir damals passiert ist. Was weißt du und von wem?»

Er reicht mir den Kaffee und einen Donut aus der Tüte. Ich lächle ihn dankbar an und lege beides auf die Bank, während er in die Ferne starrt. Vermutlich habe ich ihn mit dieser Frage ziemlich in Verlegenheit gebracht. Wenn nicht mal Rob und ich die passenden Worte aussprechen können, wie mag es dann wohl ihm gehen.

«Rob hat mich kurz informiert, als es um Chad ging.» Er stößt geräuschvoll die Luft aus. «Ich weiß, dass sie dich gefangen gehalten haben und ich denke …» Er wendet sich wieder mir zu und sieht mir direkt in die Augen. «Ich kann mir in etwa denken, was dort geschehen ist.»

Sein Blick lässt mich nicht los, als er seine Hand hebt. Er legt die Finger ganz sanft auf die vernarbte Stelle an meinem Hals. Ich vermute, er ahnt, dass dort mal ein Tattoo war. Bisher habe ich jede Berührung an dieser Stelle gehasst, aber seine fühlt sich an, als würde sie etwas in mir heilen. Es wirkt so, als ob er verstehen könnte, was diese

Narbe für mich bedeutet. Im Negativen so wie auch im Positiven.

Ruckartig zieht er die Hand wieder zurück und bricht den Blickkontakt ab. Ich bin froh darüber. Wir sollten uns nicht so nahe sein.

«Was ist mit deiner Stirn passiert?» Jetzt klingt seine Stimme scharf. «Stell dir vor, sie haben mein Türschloss endlich repariert. Ich bin mit Schwung gegen die Scheibe gelaufen, weil ich schon dran gewohnt bin, dass nicht abgeschlossen ist.» Er mustert mich eingehend. Hoffentlich denkt er nicht, Rob hätte mich geschlagen.

«Dann sind die Ausflüge ins Büro der Security also vorbei?»

«Ja, das sind sie wohl.» Wahrscheinlich wissen dort sowieso schon alle, wie ich mich letztens benommen habe. Ich verspüre also kein Bedürfnis, ihnen öfter als nötig unter die Augen zu treten.

Ich straffe meine Schultern und komme zur eigentlichen Frage. «Also, weshalb soll ich noch immer nicht zum Lager kommen und was ist am Samstag passiert?»

«Du sollst nicht mehr kommen, weil ich nicht glaube, dass du aufgehört hast herumzuschnüffeln. Du verstehst nicht, was du damit alles auslösen könntest. Und wie sehr du dich und Rob damit in Gefahr bringst.» Er steht auf und beginnt, vor der Parkbank auf und ab zu gehen. «Und was

Samstag betrifft: Ich habe dir versprochen, ich würde wegen Chad was unternehmen.»

Ich stehe auch auf, weil ich mich neben ihm nicht noch kleiner fühlen will. Lex ist sowieso schon gut einen Kopf größer als ich. «Und was ist mit den Drogen? Wusstest du davon? Wusste sonst jemand aus der Geschäftsleitung davon?», frage ich mit erhobener Stimme und sehe mich dann direkt um, ob uns jemand hören kann.

«Ja, ich wusste davon, aber denk nicht, dass ich glücklich damit war.»

«Und?»

«Und was?» Er weicht mir aus. «Na, wusste sonst noch jemand aus der Geschäftsleitung Bescheid? Ist das Cyrils Ding? Muss ich mir Sorgen um Rob machen?» Er will nach meinen Händen greifen, aber ich ziehe sie ihm weg. Ich will mich nicht beschwichtigen lassen. Er soll meine Fragen beantworten.

«Ich werde dir ganz bestimmt nicht sagen, wer sonst noch involviert war. Du sollst dich da raushalten. Ich habe dir versprochen, dass es sich regeln wird und das tut es auch, aber jetzt ist es noch nicht so weit. Und solange du dich raushältst, musst du dir auch keine Sorgen um Rob machen.» Er beantwortet meine Frage nach Cyril nicht. Was das wohl heißen mag?

«May bitte.» Er greift wieder nach meinen Händen, diesmal lasse ich ihn gewähren. Er ist der einzige, der überhaupt mit mir über die heiklen Themen spricht und das bringt mich dazu, ihm immer wieder vertrauen zu wollen. Er hält meine beiden Hände sanft zwischen unseren Körpern und streicht mit dem Daumen darüber.

«Chad ist weg. Wir wissen nicht, ob er es nun war oder nicht, aber das macht keinen Unterschied. Er war auf jeden Fall nicht sauber und er hätte eine akute Gefahr für dich sein können, daher habe ich einen anonymen Tipp gegeben und dafür gesorgt, dass er am Samstagmorgen die Päckchen wiegt. So konnte ich sicher sein, dass er verhaftet wird. Alles andere wird sich regeln, bitte vertrau mir.»

Damit verlangt er extrem viel von mir. Ich habe noch immer Mühe, Menschen zu vertrauen. Vor allem Männern. Ich glaube, er sieht mir meine Zweifel an.

Er zieht meine Hände zur Seite weg, aber lässt sie nicht los. Plötzlich sind wir uns viel zu nahe. Ich kann all die kleinen Lachfältchen neben seinen grauen Augen sehen und frage mich, wann er überhaupt frei lacht. Ich habe ihn noch nie dabei gehört. «May bitte! Ich habe immerhin dafür gesorgt, dass Chad weg ist.»

«Ist das der einzige Grund, aus dem ich dir vertrauen soll?» Wäre er mir noch ein bisschen näher, könnte ich seinen Atem auf meinem Gesicht fühlen. Er seufzt, presst die Augen zu und legt seinen Kopf in den Nacken.

Vermutlich weiß auch er, dass er nicht gerade gute Argumente vorbringt.

«Willst du wirklich wissen, weshalb ich meinen Arsch riskiere, um dir zu helfen?» So rum habe ich mir das noch nie überlegt. Ich nicke. Er wirkt leicht verärgert über meine Antwort und schließt noch näher auf. Noch ein wenig mehr und unsere Hände wären zwischen uns eingeschlossen. Was er mir zuflüstern will, muss hochbrisant sein, denn es ist niemand in Hörweite.

Seine Bartstoppeln kratzen meine Wagen, als er sein Gesicht zu meinem Ohr führt. «Deshalb», flüstert er rau und sein warmer Atem beschert mir eine Gänsehaut. Als er sich zurückzieht, will ich fragen, was deshalb heißen soll, komme aber nicht dazu. Seine Nase streift über meine Wange, während er sein Gesicht langsam dreht, dann treffen sich unsere Lippen.

Ich versteife mich kurz, aber seine sanften Lippen küssen mich so zärtlich, dass ich praktisch dahinschmelze. Als ich meinen Mund für ihn öffne, streicht seine Zunge ganz sachte über meine. Es gibt kein Drängen, keine Eile. Dann lässt er meine Hände los, um mich an sich zu ziehen. Das Aufeinandertreffen unserer Körper katapultiert mich wieder in die Realität.

Ich breche den Kuss und stoße ihn an der Brust von mir. Lange sehen wir uns einfach nur in die Augen und atmen schwer. Vielleicht versucht auch er herauszufinden, was das gerade zu bedeuten hatte.

Nach meiner Gefangenschaft habe ich nie mehr so viel bei einem Kuss gefühlt wie jetzt. Mein Herz schlägt so stark, dass es fast schmerzt, aber ich will keine dieser betrügenden Ehefrauen sein. Würde ich Rob für jemanden verlassen, der mir nicht mal die Wahrheit bieten kann? Nein, das würde ich nicht.

«Es tut mir leid, das war nicht fair.» Mit diesen Worten dreht er sich ab und ich bleibe zurück.

15.

Maloya, damals

Es ist wieder so weit. Mittlerweile wissen wir, dass dieser Aufruhr alle paar Monate wiederkommt. Es wird geschrien und geflucht, dann wieder Stille. Das letzte Mal blieben sie nicht allzu lange fort, aber dennoch haben wir uns diesmal vorbereitet.

Grata und ich sehen uns kurz an und gehen dann wieder unseren Gedanken nach. Die Aufregung im Gang bringt uns nicht mehr aus der Ruhe. Eigentlich bringt uns fast nichts mehr aus der Ruhe. Nur selten frage ich mich noch, was aus mir geworden wäre, wäre ich nicht Cabbages Liebling. Wäre ich vielleicht verkauft worden? Und würde es mir dann schlechter gehen als hier drin? Egal, das ändert alles nichts.

In der Zwischenzeit konnte ich mich immerhin zweimal aus den Arbeitszimmern davonstehlen. Nachdem ich beim ersten Versuch in einem Korridor endete, der von einem Mann mit Waffe bewacht wurde, habe ich das zweite Mal einen anderen Weg versucht, das Endergebnis war das Gleiche. Fifty meinte, wenn Cabbage nicht wäre, wäre ich längst tot.

Ich stehe auf und untersuche unsere Vorräte hinter meiner Matratze. Wir sollten genügend Essen und Trinken haben für ein paar Tage. Nur mit dem Stoff könnte es knapp werden. Immerhin konnte ich einem meiner Kunden Besteck und Stoff für ca. 3 Schüsse abschwatzen. Er hat sie extra für mich beschafft und rein geschmuggelt. «Sieht so aus, als hätten wir genug. Was meinst du?» Mittlerweile spricht Grata sehr gut Englisch. Ich hoffe so sehr, dass sie irgendwann frei ist und es auch wirklich gebrauchen kann. «Sieht gut aus», antwortet sie mit nasaler Stimme und bricht gleich darauf in einen Hustenanfall aus. «Hast du es warm genug?» Ich hole die kleine Decke, die sie mir mit den Fingern gestrickt hat, nachdem einer ihrer Kunden ihr wieder Wolle gebracht hat.

Sie nickt mir dankend zu. «Ja, geht schon.» Hoffentlich wird sie nicht krank. Wundern würde es mich allerdings nicht. Sie scheint noch ziemlich geschwächt zu sein, von was auch immer sie mit ihr gemacht haben, um ihre wiederholte Schwangerschaft abzubrechen. Ich weiß nicht, ob es an der Unterernährung, den Drogen oder an meinem Glück liegt, aber ich kann mich gar nicht daran erinnern, jemals hier drin meine Tage bekommen zu haben.

Grata spricht nie darüber, wie sie so eine Schwangerschaft handelt, aber vermutlich will ich es auch gar nicht wissen. Ich merke einfach, dass es sie sichtlich geschwächt hat.

16.

Maloya, heute

Die Haut in meinem Gesicht beginnt zu brennen und ich beschließe, dass ich genügend Sonne getankt habe. Ich stehe von der Parkbank auf, sehe ein letztes Mal an die Stelle, an der Lex mich vor einer Stunde geküsst hat und gehe dann zu meinem Chevy.

Als ich die Tür öffne, dringt mir aufgeheizte Luft aus dem Wageninnern entgegen. Ich widerstehe dem Drang, noch mal an die verhängnisvolle Stelle zurückzusehen, während ich warte, bis das Klima im Auto erträglich ist. Dann fahre ich nach Hause.

In unserer Garage angekommen, beobachte ich brav das Tor, bis es sich wieder geschlossen hat. Erst dann öffne ich die Zentralverriegelung und steige aus. Komisch, dass ich mich an all die Sicherheitstipps vom FBI halte, aber mich dennoch auf Lex verlasse. Das widerspricht sich grundsätzlich.

Ich gehe ins Haus, schalte die Alarmanlage ab und stelle meine Handtasche auf die Ablage, als es an der Haustür klingelt. Ob Cyril Violett vorbei geschickt hat, damit sie wieder kein Blödsinn anstellt? Obwohl, jetzt wo ich weiß,

131

dass man mit ihr gut Pokern kann, wäre es nicht mehr allzu schlimm.

Anhand der Kamera oberhalb der Klingel sehe ich, dass ein Kurier vor der Tür steht. Ich öffne ihm und lasse mir ein Umschlag aushändigen, der an Rob adressiert ist. Während der Kurier wieder verschwindet, bleibe ich in der Tür stehen und begutachte dem Umschlag. Er sieht offiziell aus und auf der Adressetikette, sowie auf dem Umschlag selbst, steht dringend.

Wieder drin, versuche ich vergeblich, Rob über sein Handy zu erreichen. Er schaltet es oft aus, wenn er mit einem Kunden unterwegs ist. So kann er ihm seine ungeteilte Aufmerksamkeit schenken.

Nach kurzem Abwägen beschließe ich, den Brief zu öffnen. Rob wäre ganz sicher damit einverstanden. *Im Gegensatz zu dem, was du heute sonst so gemacht hast!*

Der Inhalt entpuppt sich als Zahlungsbefehl für etwas, das mir nichts sagt. Er hat wohl irgendwelche Leistungen von Quadron Ltd. bezogen. Die Gesamtrechnung beträgt – ich schlucke zwei Mal leer – 3.600 Dollar. Das muss eine der Unterhaltsarbeiten am Haus gewesen sein. Da uns nur drei Tage Zeit bleiben, bis die Rechnung beglichen sein muss, beschließe ich, sie sofort einzubezahlen. Ich will vor allem nicht, dass eine kleine Unterhaltsfirma so lange auf ihr Geld warten muss. Da ist Rob sicher ein Fehler unterlaufen.

Bevor ich es mir gemütlich mache, rufe ich bei der Bank an. Ich habe das Glück, dass man auf unserer Privatbank nie lange in der Warteschleife steckt.

«Hi, hier spricht Maloya West. Ich möchte gerne einen Zahlungsauftrag geben.» Die freundliche Stimme am Telefon fragt mich diverse Sicherheitsfragen.

«In Ordnung. Ähm ... einen Moment bitte.» Es wird still in der Leitung. Ich nutze die Pause, um mir einen Tee aufzusetzen. Kaffee hatte ich heute genug. «Mrs. West, sind Sie noch da?»

«Ja.»

«Auf ihren Konten ist leider nicht genügend Guthaben.» Fast hätte ich gelacht, wie diese reichen, eingebildeten Frauen in den Filmen, so absurd kommt mir das vor.

«Das ist nicht möglich. Mein Mann und ich verdienen beide und haben das Sparkonto mit meinem Familienvermögen noch nie angefasst.»

«Es tut mir wirklich leid Mrs. West, aber die Konten sind teilweise sogar überzogen.»

«Sehen Sie bitte noch mal nach, ob Sie sich wirklich die Konten von Robert und Maloya West am Everest Drive ansehen. Das ist einfach unmöglich. Von meinem Erbe sind noch über 12 Millionen Dollar übrig.» Jetzt höre ich mich doch genauso an wie die Weiber im Film.

«Das ist mir wirklich unangenehm, aber ich muss ihnen leider mitteilen, dass davon nichts mehr übrig ist. Sehen Sie bitte selbst im Online Banking nach.» Das ist schlichtweg nicht möglich. Selbst wenn Rob davon etwas ausgegeben hätte, soviel Geld bringt man nicht einfach mal schnell los.

«Mein Mann hat den Zugriff aufs Online Banking und er ist gerade nicht da. Kann ich vorbeikommen?» «Wir schließen zwar gleich, aber ich werde auf Sie warten.» Wieder ein Vorteil, wenn man viel Geld besitzt. Das heißt, wenn man viel Geld zu besitzen glaubt.

Ich schnappe mir meine Handtasche und fahre auf dem schnellsten Weg zur Bank. Den Zahlungsbefehl nehme ich mit, denn ich bin überzeugt, dass das alles ein Missverständnis sein muss. Als ich bei der Tiefgarageneinfahrt der Bank klingle, werde ich direkt mit Namen begrüßt und durchgelassen. Es sind praktisch alle Parkplätze leer und so parke ich direkt neben dem Aufzug.

Oben angekommen, werde ich von einer älteren Dame in Empfang genommen. «Mrs. West? Ich bin Linda Spacey und werde mit ihnen die Kontoauszüge durchgehen. Bitte folgen Sie mir.»

Sie bringt mich in ein Besprechungszimmer mit schweren Ledersitzen, wo schon diverse Papierbündel bereitliegen. Wir setzen uns. Sie scheint wirklich zu glauben, wir hätten kein Geld mehr, denn früher wurden uns beim Betreten der Bank diverse Getränke und Snacks angeboten.

Als Erstes schnappe ich mir den Auszug von unserem Sparkonto, auf dem mein ganzes Erbe liegt. *Oder lag?!*

Die Jahresabrechnung dieses Kontos umfasst sonst immer zwei Seiten, deshalb verängstigt mich schon der Umfang des Kontoauszugs. Seit Jahren haben wir dort keine Bewegungen getätigt und jetzt sind etliche aufgelistet. Praktisch wöchentlich gingen hohe Zahlungen an diverse Kreditkartengesellschaften.

«Das kann doch nicht wahr sein», murmle ich vor mich hin. «Wir haben mit ihrem Mann schon zweimal darüber gesprochen, dass Sie sich besser eine andere Bank suchen sollten. Bitte verstehen Sie mich nicht falsch, aber wir haben nun mal eine Minimalinvestitionsgröße, die jeder Kunde mitbringen muss.»

«Und was hat er, wenn ich fragen darf, dazu gesagt?» Ihr Blick wird sanfter, fast schon mitleidig. Das hier beginnt mir langsam Angst zu machen.

«Darf ich ehrlich zu ihnen sein Mrs. West?» Benommen nicke ich. «Praktisch das ganze Vermögen wurde anhand moderater Zahlungen zu Kreditkartengesellschaften überwiesen. Es tut mir wirklich leid, ihnen das so sagen zu müssen, aber wenn ich mir die Zahlungen so ansehe, tippe ich auf irgendeine Art von Konsumgier. Kaufsucht oder Spielschulen vielleicht.»

Plötzlich fällt mir ein Detail wie Schuppen von den Augen. Erst letztens sagte ich zu Rob, dass die Jahresabschlüsse unserer Konten schon längst hätten da sein müssen. Ich wollte bei der Bank anrufen, aber er meinte, er regle das. Er habe schließlich die provisorischen Abschlüsse im Online Banking und die Zahlen seien immer in etwa dieselben.

Er hat mich belogen. Rob hat mich belogen! Ich kann nicht verhindern, dass mir sofort Tränen über die Wangen laufen. Ich dachte, alles was ich erlebt habe, hätte mich stark gemacht, aber im Moment fühle ich mich wie der dümmste Waschlappen überhaupt.

Ich entschuldige mich bei Linda und verschwinde auf den Toiletten. Eigentlich will ich mich frisch machen, damit mein Abgang hier wenigstens ein bisschen würdevoll bleibt, aber die Tränen wollen nicht versiegen. Daher schnappe ich mir eine komplette Rolle Toilettenpapier, lasse sie in meiner Handtasche verschwinden und verlasse dann schleunigst das Gebäude. Linda hält mir noch die Kontoauszüge hin, aber ich schäme mich so sehr, dass ich wortlos an ihr vorbei gehe.

Vermutlich denkt sie, ich würde mich wegen unseres Kontostands schämen, aber das stimmt nicht. Das Einzige, das mir so unglaublich peinlich vorkommt, ist, dass mein Ehemann anscheinend das Gefühl hat, mich anlügen zu müssen und ich mich auch noch täuschen lasse. Dabei sollte ich doch eigentlich genau wissen, wozu Männer so fähig sind.

Vermutlich sollte ich mich vor der Heimfahrt beruhigen, aber ich will schnellstmöglich von der Bank weg. Sobald ich auf der Straße bin, wähle ich über den Touchscreen in meinem Wagen die Nummer von Jenny. Sie arbeitet mittlerweile als Börsenmaklerin in New York und wir hören nur noch selten voneinander, aber sie war dennoch immer für mich da.

Als ich, nachdem ich mich damals befreien konnte, in Dell City bei ihren Eltern angerufen habe, stand sofort ihre ganze Familie im Krankenhaus. Ich hätte nicht gewusst, wen ich sonst verständigen sollte. Nebenbei wollte ich mich auch bei Jenny dafür entschuldigen, dass sie mich in Juarez gesucht und nicht gefunden hat.

Es war auch sie, die mich damals als vermisst meldete und dafür bin ich ihr unendlich dankbar. All die Jahre in Gefangenschaft wusste ich nie genau, ob mein Verschwinden je gemeldet wurde. Hätte auch sein können, dass Jenny einfach nur wütend gewesen wäre, dass ich sie versetzt habe.

Sie hebt beim zweiten Klingeln ab. «Maloya! Wie geht's dir? So schön, dass du anrufst!» Sie klingt völlig aus dem Häuschen. Mir aber will kaum ein Wort über die Lippen kommen. «Hallo Mally? Oder spreche ich hier mit Mels

Hosentasche?» Noch immer bekomme ich keinen Laut heraus. «Handtasche? Halllllloooohooo?» Ich muss schluchzten, was sie kaum überhören kann. «Oh Süße, weinst du etwa?» Ich nicke, was sie natürlich nicht sehen kann.

«In Ordnung, lass dir Zeit. Ich schließe hier mal die Tür.» Sie erzählt mir, was sie gerade tut, wie ein Friseur einem Kleinkind, aber es beruhigt mich etwas. Ein paar Straßen weiter, bin ich endlich bereit zu reden.

«Unser ganzes Geld ist weg.» Für viel mehr reicht meine Beherrschung noch nicht aus. «Hat Rob es ausgegeben?»

«Mhm.»

«Soll ich zu dir fliegen?»

«Mhm. N-ihiicht nötig.» Ich fahre in unsere Garage ein und nehme all meine Konzentration zusammen, um dem Garagentor beim Schließen zuzusehen. Dann gehe ich rein, deaktiviere die Alarmanlage, nehme eine angefangene Flasche Weißwein aus dem Kühlschrank und lege mich damit aufs Sofa. Jenny wettert dabei die ganze Zeit über Rob.

Nach dem ersten Schluck beginne ich, ihr von der Sache mit dem Geld, den Drogen und Lex zu erzählen. Im Laufe der Geschichte beschließe ich, dass ich mit ihr auch über den Kuss reden sollte. Allerdings erzähle ich ihr kein Wort von Chad, Lexs komischen Verwicklungen und der Gefahr, vor der Lex mich immer wieder warnt.

«Und was machst du jetzt wegen Rob?», fragt sie mich am Ende meiner Erzählungen.

«Keine Ahnung. Denkst du, ich liebe ihn noch?» Okay, die Frage war selbst für meine Verhältnisse dumm. «Entschuldige, das kannst du mir natürlich auch nicht sagen.»

«Vielleicht kann ich das doch», fällt sie mir ins Wort. «Du hast ihn nach einer schweren Zeit kennengelernt. Du hast damals selbst gesagt, dass er dir das Gefühl von Sicherheit gibt. Da war nie so was wie vorhin, als du meintest, Lex hätte dich einfach plötzlich geküsst und es war so, als würdet nur noch ihr existieren und als gäbe es keine Probleme mehr. Das hast du doch gesagt, oder?»

Ich rekapituliere meine Worte und muss zugeben: «Ja, habe ich anscheinend. Aber was, wenn Rob ein Problem hat? Kaufsucht zum Beispiel?»

Jenny seufzt. «Steht bei euch Unmengen von Zeugs rum mit Preisschildern dran?»

«Nein.»

«Maloya, echt jetzt! Du solltest nicht an Sicherheiten festhalten, die gar keine sind.» Sie hat wohl recht, aber eine Ehe gleich aufgeben?

«Erzähl mir, wie es dir in den letzten Wochen ergangen ist», bitte ich sie, anstatt über meine Probleme nachzudenken.

Ich kann von Glück reden, dass unser SmartHome-System die Jalousien um sieben Uhr morgens öffnet, ansonsten hätte ich verschlafen. Während die Realität langsam wieder auf mich einprasselt, versuche ich, langsam vom Sofa aufzustehen und komme prompt an die leere Weinflasche, die mit einem lauten Scheppern zu Boden geht. Wenigstens zerschellt sie nicht.

Ich schüttle leicht meinen Kopf, um herauszufinden, wie schlimm mein Kater ist und stelle fest, dass es mir gut geht. Es scheint, als hätte der Donut von Lex Wunder gewirkt, denn etwas anderes habe ich gestern Abend nicht mehr gegessen. Es gibt nichts Besseres als eine süße Grundlage.

Einen Moment stehe ich einfach in unserem Wohnzimmer und weiß überhaupt nicht, was ich als Nächstes tun soll. Es kommt mir alles irgendwie sinnlos vor. Eine Frau mit mehr Selbstwertgefühl könnte es vermutlich nicht abwarten, Rob endlich zu sehen und ihm einen ordentlichen Einlauf zu verpassen, aber das bin nicht ich. Die stärkste Regung in mir ist wohl die Scham, sich nach allem noch immer so verascht haben zu lassen.

Irgendwie wünschte ich mir, ich hätte Lex gestern nicht weggestoßen. Hätte mir auch einfach das geholt, auf das ich gerade Lust hatte. Vermutlich eine Trotzreaktion. Ich hole mir meinen Kaffee und setze mich damit raus in die Morgensonne. Vielleicht spendet sie mir etwas Zuversicht. Nach ein paar Schlucken Kaffee beschließe ich, dass ich mir wenigstens heute hole, was ich wirklich will und das ist Freiraum. Daher rufe ich Robs Sekretärin an und erkläre ihr, ich wäre krank und würde heute nicht kommen. Sie fragt gar nicht weiter nach.

Sobald die Läden sich öffnen, hole ich mir alles, was es für ein Gumbo braucht und fahre damit wieder nach Hause. Diesmal koche ich nur für mich und ich werde es genauso genießen, wie das Essen danach.

Als alles geschnitten ist und in der Pfanne schmort, kommt mir ein neuer negativer Gedanke. *Nein, er liebt dich. Er gibt vielleicht dein Geld aus, aber er würde nie das Haus deiner Eltern in Dell City verkaufen. Er weiß doch, wie viel es dir bedeutet und wie viel Geld du bieten musstest, um es zurückzukaufen.*

Ich habe schon ewig keine Rechnungen für Strom, Wasser und Dergleichen gesehen. Vielleicht sind sie aber auch beim aktuellen Mieter gelandet. Ich suche seine Telefonnummer raus und rufe dort an. «Ja hallo, hier ist Maloya West.»

«Oh Mrs. West, geht es ihnen wieder besser?» Er klingt so verwundert, wie ich bin. «Ähm, ich denke, mir ging es immer gut, danke.»

«Aber ihr Mann sagte mir, Sie bräuchten eine teure Therapie, deshalb hätten Sie auch das Haus verkauft.» Mein Smartphone fällt auf den Küchenboden und zerspringt dort in tausend Glassplitter. Das Display leuchtet noch kurz auf, dann wird es schwarz. Wie in Trance hebe ich es hoch, aber es bleibt tot.

Ich sehe mir das geschundene Stück Technik genauer an. Es sieht aus, wie sich mein Leben gerade anfühlt. Dieses Smartphone ist ein Sinnbild meines Lebens. Ich hebe es über meine Schulter und werfe es dann, begleitet von einem Brüllen, gegen die Wand. Noch mehr Splitter fliegen in der Küche herum und ein Teil davon landet in meinem Gumbo.

«Es ist schon wieder hin», murmle ich vor mir her und meine damit sowohl das Gumbo als auch mein Leben. Die Tatsache selbst, dass das Haus meiner Eltern nun verkauft ist, macht mir weniger zu schaffen, als erwartet. Es ist das Wissen, dass Rob nicht mal annähernd Rücksicht auf meine Gefühle genommen hat. Er wusste, wie viel mir das Haus bedeutet. Und er musste doch auch davon ausgehen, dass ich es irgendwann herausfinde, nicht? Oder dachte er wirklich, nur weil ich nie mehr dorthin gefahren bin, würde ich es nicht merken? Und, dass mir die ganzen fehlenden Rechnungen nicht auffielen?

17.

Ich bin fast ein bisschen stolz, dass er sich nicht traut, mir bei offener Tür den Rücken zuzukehren.

Maloya, damals

Ich bin tatsächlich erleichtert, als Cabbage endlich wieder in unser Verlies tritt. Grata liegt auf ihrer Matratze, ihre Augenlider flattern vom starken Fieber.

«Endlich! Sie braucht dringend Medikamente. Bitte! Ihr müsst ihr helfen.» Ich flehe, so unterwürfig es mir gelingt, denn ich weiß, dass er darauf steht.

Er geht zur Tür, spricht dort kurz mit Fifty und schließt sie dann hinter sich, bevor er sich neben Grata kniet. Ich bin fast ein bisschen stolz, dass er sich nicht traut, mir bei offener Tür den Rücken zuzukehren. Das muss bedeuten, dass ich näher dran war, hier raus zu kommen, als ich dachte.

Cabbage begutachtet Grata wie ein Vogelkack auf einem frisch gewaschenen Cadillac, dann dreht er sich wieder zu mir. «Die macht's doch sowieso nicht mehr lange. Ständig hat sie was und wenn nicht, wird die Schlampe schwanger.» Damit dreht er sich um und verlässt uns wieder.

Ich krabble rüber zu Grata und streiche ihr durchs Haar. «Keine Sorge, ich habe eine Idee.» Ihr ganz leises wimmern

144

sagt mir, dass sie mich verstanden hat. Ich lege meine Hand auf ihre glühende Stirn und hoffe, dass ihr meine kühlen Finger zu etwas Linderung verhelfen.

Ein bisschen später höre ich, wie Cabbage sich unserer Tür nähert. Ja, ich kann beide anhand ihrer Schritte auseinanderhalten.

Sofort setze ich mich in meine Ecke und hole die Spritze unter der Matratze hervor. Ich ziehe sie mit Luft auf und positioniere sie gekonnt in der Vene an meinem Fuß, wo die Vernarbung noch nicht so schlimm ist. Ich ziehe sie noch das letzte bisschen auf, um zu sehen, ob ich auch getroffen habe. Der Ansatz füllt sich mit Blut, perfekt.

Als Cabbage mich so sieht, wird er direkt wütend. «Woher hast du die?» Er kommt auf mich zu.

«Stopp!» Ich habe das zwar geplant, bin aber dennoch verwundert, dass er tatsächlich stehen bleibt. Er darf mir jedoch keinen Schritt mehr näherkommen, sonst könnte er mich zu schnell überwältigen.

«Weißt du was passiert, wenn man Luft in eine Vene spritzt?», frage ich ihn ruhig.

«Morirás.»

«Genau, man stirbt. Ich will, dass ihr originalverpackte Medikamente für sie besorgt, ansonsten mache ich dem allem hier ein Ende!» Ich sehe ihm während meiner Drohung unentwegt in die Augen. Er flucht alle mir bekannten spanischen Flüche, spuckt Grata ins Haar und verlässt dann unser Verlies.

Er hängt also tatsächlich noch immer so sehr an mir, dass ich ihn beeinflussen kann. Das ist gut.

Mit meinem T-Shirt wische ich Grata die Spucke aus dem Haar und prüfe wieder ihre Stirn, sie glüht nach wie vor. Die Wartezeit zieht sich ewig hin. Ich befeuchte einen von Gratas Wollknäuel mit Wasser und lege ihn ihr auf die Stirn, aber es scheint nichts zu nützen. Andauernd wird sie wieder von Fieberkrämpfen geschüttelt.

Eine Ewigkeit später höre ich Fifty kommen. «Leg die Spritze neben die Tür!», ruft er durch die geschlossene Tür. Ich tue es und setze mich wieder in die Ecke. Kurz darauf öffnet er die schwere Stahltür, wirft uns drei Medikamentenpackungen, einen neuen Wasserbottich und ein Stück Brot rein. Dann nimmt er die Spritze und schließt uns wieder ein.

18.

Um mich herum scheint alles zu zerfallen, aber ich fühle mich lebendiger als je zuvor.

Maloya, heute

Jetzt bin auch ich soweit, dass ich Rob anrufen und einfach nur beschimpfen will. Am liebsten würde ich ihm Worte an den Kopf werfen, die ich seit Jahren nicht mehr gebraucht habe. «¡Pendejo!»

Bevor ich eine weitere Schar an zweisprachigen Flüchen runterrattern kann, klingelt es an der Tür. Ich bin mit vier Schritten dort und reiße sie auf. Es ist mir egal, was die Person davor von mir halten mag. «¿Qué?» Keine Ahnung, weshalb plötzlich all das Spanisch aus mir ausbricht.

Zwei weit aufgerissene graue Auge sehen mich an. «¿Quería saber si todo estas bien?» *Ich wollte nur wissen, ob es dir gut geht.*

«Mir war gar nicht bewusst, dass du so gut Spanisch sprichst.» Lex zuckt mit den Achseln und zeigt dann hinter mich ins Haus. Ich trete beiseite und lasse ihn eintreten. Sofort fällt sein Blick auf die Überreste meines Handys. «Was ist passiert?»

«Ich weiß nicht, wann ich das letzte Mal so viel gefühlt habe, das ist passiert!», fahre ich ihn an.

«Ist Rob da?» Automatisch sehe ich hinter mich, als müsste er da irgendwo stehen. «Nein, er ist mit Cyril zu einem Kunden gefahren.»

«Du bist offensichtlich nicht krank, also was ist los?», fragt er offenbar unbeeindruckt von meinem Wutausbruch. Ich lasse meinen Blick durch den Raum gleiten, um etwas Zeit zu gewinnen. Wenn ich es Lex erzähle, gibt es kein Zurück mehr. Es würde bedeuten, dass ich meinem potenziell kriminellen Kollegen mehr vertraue, als meinem Ehemann.

Immerhin muss ich mich vor Rob nicht fürchten, im Gegensatz zu dem, in das Lex verwickelt scheint. Dennoch, ich glaube, die Entscheidung ist gestern Nachmittag schon gefallen.

«Wir sind bankrott. Er hat all unser Geld ausgegeben und sogar mein Elternhaus verkauft. Dabei habe ich es geliebt und erst vor sieben Jahren zurückgekauft!»

Er stutzt ein Moment. «Jetzt wird mir so einiges klar.» Mit zwei Schritten ist er bei mir und zieht mich in seine Arme. Ich lasse meinen Kopf gegen seine Schulter sinken und nehme eine Nase voll Lex in mich auf. «Wie meinst du das?»

In seiner Umarmung fällt meine Wut immer mehr von mir ab. Plötzlich fühle ich mich traurig. Traurig darüber, dass ich es nicht früher bemerkt habe. Traurig, weil mein Ehemann anscheinend keine Rücksicht auf meine Gefühle nimmt und traurig, weil ich das Gefühl habe, dass es das mit unserer Ehe war. Das was uns ausmachte, Sicherheit und Vertrauen, ist nicht mehr da.

Lex schiebt mich ein bisschen von sich weg, um mir ins Gesicht blicken zu können. Er wischt mir eine einzelne Träne von der Wange. «Wie weiter May?»

Er hat mir noch immer nicht geantwortet, aber im Moment interessiert es mich nicht. Alles was ich will ist, mich in diesen grauen Augen zu verlieren.

«Das hier ist vorbei.» Ich nehme meine Hände von seinem Rücken, um in einer großen Geste auf das Haus zu zeigen, schließlich ist es der Inbegriff von Rob und mir.

Obwohl ich Lex losgelassen habe, bleiben seine Hände weiterhin an meinen Schultern. Jetzt hebt er mit einer davon wieder mein Gesicht an. «Das war's mit Robert?» Ich nicke. «May? Dann musst du mich rauswerfen, sonst küsse ich dich wieder.»

Seine Worte durchschießen meinen Körper wie ein heißer Blitz. Sofort breitet sich ein warmes Kribbeln in mir aus. Einen kurzen Moment sage ich gar nichts und genieße einfach nur das Gefühl, endlich wieder mal so auf einen Mann zu reagieren. Um mich herum scheint alles zu zerfallen, aber ich fühle mich lebendiger als je zuvor.

Ich sehe tief in seine silbergrauen Augen und fordere ihn still dazu auf, seine Drohung wahr zu machen. *Bitte küss mich! Gib mir das Gefühl, ein ganz normaler Mensch, mit ganz herkömmlichen Bedürfnissen zu sein.*

«Diesmal kommst du nicht so leicht davon», droht er, während er die Distanz zwischen uns überbrückt. Für eine Sekunde versteife ich mich, da mein Verhältnis zu Drohungen noch immer sehr sensibel ist. Eine zärtliche Berührung später jedoch, entspanne ich mich sofort wieder. Ob er mehr will als nur ein Kuss?

Lexs Haare kitzeln meine Stirn, bevor er seinen Mund auf meinen legt. Er küsst mich sehr sanft und zärtlich, dennoch spüre ich eine Dringlichkeit in seinen Bewegungen. Als seine Zunge gegen meine schlägt, entfährt mir ein kleines Stöhnen. Ich bin so erstaunt darüber, dass ich automatisch nach ihm greife, um mich festzuhalten. Meine Hände liegen auf seinen Schulterblättern, wie bei unseren Umarmungen, aber es fühlt sich anders an. Seine Muskeln bewegen sich unter meinen Handflächen und die Hitze seiner Haut drückt durch den Stoff. Genüsslich bohre ich meine Finger etwas tiefer in seinen Rücken.

«May!» Ich liebe es, wie er meinen Namen in meinen Mund stöhnt. Eine seiner Hände wandert meinen Rücken entlang, bis sie auf meinem Hintern zu liegen kommt. Automatisch bewege ich mich ihr entgegen. Es ist, als ob mich die Urinstinkte antreiben würden, die ich verloren oder zerstört geglaubt habe. Lex knetet meinen Hintern und zieht mein Becken zu sich, bis ich seine harte Mitte an meinem Bauch fühle.

Zaghaft lasse ich meine Hände über seinen Rücken sinken, bis ich sie unter sein Shirt wandern lassen kann. Ich will diese unglaubliche Hitze direkt auf meinen Händen spüren. Seine Haut ist so fein. Kaum vorstellbar, dass ein so harter Typ Mann wie er, solche Haut haben kann. Momentan habe ich sogar das Bedürfnis, mit den Lippen darüber zu fahren und seine Wärme in mich aufzusaugen.

Auch seine Hände finden nun den Weg unter meinen Pullover. Während er langsam an meinen Seiten hochfährt, bekomme ich eine Gänsehaut. Als er auf Höhe meines BHs ankommt, lasse ich von seinem Mund ab und trete gebückt einen Schritt zurück, sodass er nun mit meinem Pullover in der Hand und einem ungläubigen Ausdruck im Gesicht dort steht.

Lex erholt sich schnell wieder und sinkt vor mir auf die Knie. Er küsst sich über die hässlichen Narben an meinem Bauch hoch, bis er wieder aufsteht, um sich einen Weg zwischen meinen Brüsten hinauf zu meinem Hals zu bahnen. Er sieht nicht aus, als würde ihn mein Körper anekeln und eine letzte Anspannung, von der ich nicht mal wusste, fällt von mir ab.

Wieder nimmt er unseren heißen Zungenkuss auf und unterbricht ihn keine Sekunde, während er mich zum Sofa dirigiert. Er deutet mir, mich hinzulegen und als ich dem nachkomme, schiebt er mir eines der Kissen unter den Nacken. Er kümmert sich wirklich um alles.

Als er sich auf mich legt, stelle ich mich darauf ein, die Panik herunter zu kämpfen, aber sie bleibt aus. Kein beklemmendes Gefühl, nichts. Obwohl nichts auch nicht stimmt, denn ich bin so erregt, dass ich mich instinktiv an seinem Bein reibe.

Er greift unter mich, um den BH zu öffnen und ich bin froh, dass ich mich ihm so noch mehr entgegenwinden kann. Ich habe das tiefgehende Verlangen, ihn an meinem ganzen Körper zu spüren.

Diesmal hacke ich sein Shirt mit ein, während ich die Hände über seinen Rücken wandern lasse. Oben angekommen, erstarrt er plötzlich. «Warte!»

Er will es doch nicht. Kein Wunder, er hat selbst gesagt, dass er sich denken kann, was damals alles passiert ist. Ich würde mich ja am liebsten selbst nicht mal mit der Kneifzange anfassen. Ungewollt treten mir Tränen der Scham in die Augen.

«May!» Er sieht mich eindringlich an. Erst jetzt fällt mir auf, wie heftig sein Atem geht. Ich nicke, damit er weiterredet. «Lass mir bitte das T-Shirt. Mein Oberkörper ist ziemlich mitgenommen. Es ist kein Anblick, den du im Moment sehen willst, glaub mir.»

«Aber du siehst mich gerade auch. Du hast …» Ich muss kurz um Fassung ringen. «… die Narben geküsst.»

«Du bist ja auch wunderschön May!» Er will mich wieder küssen, aber ich wende mein Gesicht ab. «Lass mich dich auch sehen. Vielleicht schäme ich mich dann weniger.» Er schließt kurz die Augen und schnaubt. «Also gut. Aber danach will ich es direkt wieder anziehen.» Ich nicke und ziehe ihm damit das Shirt über den Kopf. Bevor ich viel sehen kann, legt er sich wieder auf mich. Auch gut. Ich fühle die Glut seines Körpers auf meiner nackten Haut, während Lexs Hände wieder zwischen uns wandern, um mir den schon geöffneten BH abzunehmen.

Seine Lippen teilen sich leicht, als er auf meine Brüste hinuntersieht, dann beginnt er sie zu küssen. Er berührt jede Stelle zwischen meinen Schlüsselbeinen und meinem Bauchnabel mindestens einmal, bis ich mich unruhig hin und her werfe.

Als er sich endlich aufkniet, um meine Hose zu öffnen, versuche ich das Gleiche mit seiner. Ich schaffe es, seinen Gürtel zu öffnen, aber der Knopf will nicht. Stattdessen sehe ich zu, wie sich die Muskeln an seinem Bauch immer wieder zusammenziehen, während er mich aus der Hose schält. Er hat dieses typische V unten am Bauch, das wir als Teenager immer an den Footballspielern bewunderten.

Lexs Blick wandert über meine nackten Beine und ich stelle fest, dass ich kein bisschen Scham empfinde. Das Verlangen in seinen Augen ist für mich Bestätigung genug. Er steht auf, öffnet den störrischen Hosenknopf und lässt die Jeans zu Boden fallen. Irgendwas Schweres muss darin sein, denn es gibt einen dumpfen Knall. Er schiebt die Hose mit seinem Fuß zum Sofa hin und somit aus meinem Blickfeld. Egal. Vermutlich besser, wenn ich nicht weiß was er mit sich herumträgt.

Ich schnappe nach Luft, als ich sein linkes Bein sehe. Es sieht nicht so aus, als wäre er nur auf einen Metallstift gestürzt. Mehrere Operationsnarben ziehen sich durch diverse andere Narben, die vermutlich von einem Unfall herstammen. Nun wundert es mich, dass er nur so wenig hinkt.

Erst jetzt gleitet mein Blick weiter hoch an seiner Pants und bleibt zwischen seinen Beinen hängen. Wieder schnappe ich nach Luft.

«Willst du ...» Lex spricht die Frage nicht komplett aus. Was? Seine Glut auf und in mir spüren? Ja. Aufhören? Nein. Ich halte meine Hand hoch, um ihn wieder zu mir einzuladen.

Er platziert sich über mir und als sich unsere Hüften, nur getrennt durch dünne Unterwäsche, streifen, stöhne ich abermals auf. Ich bin überzeugt, mich noch nie zuvor so gefühlt zu haben. Mir ist nur noch eins wichtig: Diesen Mann so nah wie möglich an mir zu spüren.

Meine Hand krallt sich in sein Haar und zieht ihn zu einem Kuss herunter. Ich stoße ihm meine Zunge in den Mund, als hätte ich noch nie etwas anderes gemacht. Er legt seine Unterarme neben meinem Kopf auf und vergräbt auch seine Finger in meinem Haar. Wir wiegen, küssen und reiben uns aneinander, aber es reicht einfach nicht.

Mit einem Knurren dreht sich Lex von mir herunter. Seine Hände finden mein Baumwollhöschen und ziehen es mir bedächtig von den Beinen. Danach steht er auf und geht rückwärts zu seiner Hose. Vermutlich will er mich keinen Augenblick aus den Augen lassen.

Er kniet sich hin, holt seine Brieftasche raus und durchsucht sie. Als er mit der kleinen Folie in der Hand wieder aufsieht, hat sein Blick sich gewandelt. Seine Iriden sind dunkel vor Lust, etwas das mich früher immer ängstigte, sich jetzt aber perfekt anfühlt.

Er entledigt sich seiner Pants, auf der vorne ein feuchter Fleck prangt. Geschickt öffnet er die Verpackung und lässt mich dabei keine Sekunde aus den Augen. Er ist wie ein Raubtier, aber das zärtlichste der Welt.

Als das Kondom sitzt, legt er sich wieder über mich. Diesmal aber, hebt er seine Hüfte so, dass sie mich nicht berührt. Ich bin dankbar, für die Schonfrist. Sein Kuss ist getränkt mit Verlangen und treibt mich in den Wahnsinn.

Wieder beginnen meine Hüften seine zu suchen. Vermutlich war es das, worauf er gewartet hat.

Er senkt sich langsam zwischen meine Beine, bis ich ihn dort spüre. Seine Erregung pocht an meinem Schoß und ich kann nicht anders, muss mich daran reiben. «Verdammt May! Ich weiß nicht, ob ich das lange aushalte.»

Ich überlege kurz, ihm zu sagen, dass er auf mich keine Rücksicht zu nehmen braucht, aber lasse es. Ich will ihm nicht den Spaß nehmen, nur weil ich dabei nicht viel empfinden kann. Eins weiß ich jedenfalls: Ich brauche ihn gerade dringend und das ist mehr, als je zuvor.

«Bitte, ich will dich!» Das Erstaunen in meiner Stimme entgeht auch ihm nicht. Er positioniert sich noch etwas besser und gleitet dann langsam in mich, während er mich nicht aus den Augen lässt.

Meine Muskulatur verkrampft sich um ihn, was ihm ein Ächzen entlockt. Er hält kurz Inne, bevor er sich ganz in mir versenkt. Die starke Dehnung reizt mich unerwartet und ich beginne, ihm mit der Hüfte entgegenzustoßen. Er versteht den Wink. Seine Bewegungen sind sanft und rhythmisch, nur sein Atem gerät völlig außer Kontrolle.

Die Empfindungen überschwemmen mich und machen mich zu einer Marionette meiner Lust. Ich klammere mich an ihn und stöhne jedes Mal leise, wenn er sich tief in mir versenkt.

Lex balanciert auf einem Arm und lässt seine andere Hand zwischen uns gleiten. Er beginnt mich dort zu streicheln, wo wir uns vereinen. Die erste Berührung ist so übermächtig, dass ich direkt weg zucke, aber er versteht und macht weiter.

Automatisch wandern meine Hände zu seinem Hintern und graben sich in das harte Fleisch. Instinktiv weiß ich: Ich brauche mehr! Von meinen Händen angetrieben, werden Lexs Stöße fester und seine Seufzer regelmäßiger. Seine Finger zwischen uns sind schon längst aus dem Rhythmus geraten, aber die Reibung, die sie durch unsere Bewegungen verursachen, reicht aus.

Mein ganzer Körper spannt sich an. Jeder Muskel zittert, bevor sich meine Füße zusammenkrampfen. Plötzlich schnellt meine Hüfte hoch, presst sich gegen ihn und intensiviert die Reibung damit noch mehr. Dann explodieren die Empfindungen in meinem Kopf und strömen wellenartig in meinen Körper aus.

Ich stöhne auf eine unkontrollierte Art und presse mich ihm, so fest es geht, entgegen. Meine innere Muskulatur krampft sich um ihn, bis auch er es, zwei Stöße später, nicht mehr aushält.

Sein animalisches Stöhnen erschüttert mich, während er den Kopf in den Nacken legt und immer wieder sanft in mich pumpt. Nicht mal jetzt wird er unkontrolliert. Er liebt mich bis zum Schluss auf eine unglaublich zärtliche Art.

Er zieht die Hand zwischen uns hervor und dreht uns dann so, dass wir auf der Seite zu liegen kommen. So bleiben wir und versuchen, wieder zu Atem zu kommen. Mit den Fingerspitzen zeichnet er meine Rippen nach. «Alles okay?», fragt er und sucht dabei meinen Blick. Ich kann nicht anders, muss einfach grinsen. «Mhm», murmle ich und streichle über die wenigen, feinen Härchen auf seiner Brust. Es sieht wunderschön aus, wie sich die Schweißperlen darin sammeln.

19.

Maloya, damals

«Sie wäre jetzt vierzehn», erklärt Grata mit zusammengekniffenen Augen. Ich nicke auffordernd, damit sie mir weitererzählt. Es ist ein typischer Morgen im Verlies. Wir warten bis Cabbage und Fifty irgendwann mit Essen auftauchen und versuchen dabei, unsere Vergangenheit nicht zu vergessen.

Das klingt so banal, aber die Erinnerungen verblassen immer mehr in diesem Schleier aus Drogen und Gewalt. Manchmal wünscht man sich sogar, die Erinnerungen einfach zu verlieren. Alles wäre einfacher zu ertragen, wenn ich nicht wüsste, wie die Freiheit geschmeckt hat.

Grata hingegen wurde schon so früh entführt, dass sie sich kaum an ihre Familie erinnern kann. Sie weiß bloß noch, dass man sie zusammen mit ihrer kleinen Schwerster auf einem Markt schnappte. Bevor sie vor ein paar Jahren hierher kam, wurde ihre Schwester wegen eines Fluchtversuchs getötet.

Sie erzählt mir davon, wie ihre Mutter ihr das Stricken schon sehr früh beigebracht hat. Auch wenn ich die Geschichte in- und auswendig kenne, bestehe ich darauf,

159

dass Grata sie immer wieder erzählt. Sie verliert immer mehr aus ihrer Vergangenheit und das kann ich nicht zulassen. Wenn es etwas gibt, das uns Mut macht zu flüchten, dann sind es die Erinnerungen an die Freiheit und die Hoffnung auf ein besseres Leben.

Während sie spricht, schließe ich meine Augen und denke an meine Eltern zurück. Diese liebevollen, aufgeweckten zwei Chaoten, deren Leben auf einen Schlag ausgelöscht wurde. Ich bin mir noch nicht mal mehr sicher, ob sie wirklich so aussahen, wie ich sie in Erinnerung habe. Das Bild meiner glücklich lachenden Mutter verblasst immer mehr. Es verschwindet, zusammen mit der Erinnerung daran, wie mein Vater aufgeregt an der Tür steht und mit den Autoschlüsseln klimpert. Es war das letzte Mal, dass ich sie gesehen hatte und ich bin mir nicht sicher, wie lange mir diese Bilder noch bleiben. Bald sind sie ausgelöscht.

Vermutlich bin auch ich bald ausgelöscht. Abgesehen von Cabbage und zwei meiner *Stammkunden* hat keiner mehr Interesse an mir. Eigentlich würde ich mich darüber freuen, aber ich fürchte mich davor, was passiert, wenn ich nicht mehr genügend lukrativ bin. Grata meint, das sei vielleicht bloß eine Phase und es gehe wieder bergauf, aber in Wahrheit glauben wir beide nicht daran.

Offensichtlich ist der einzige Grund, weshalb ich lebe, weil sie mit mir Geld machen können. Sobald ich nicht mehr genügend einbringe, wird der nächste Aufstand in unserem Verlies sein. Niemand will eine Frau, deren Bauch aussieht wie ein Schlachtfeld, nur weil so einem reichen Wichser einer dabei abgeht, wenn er mich schneidet. Ich kann froh sein, dass sie ihn nicht tun lassen, was er will, weil ihre Einnahmequelle nicht kaputtgehen soll.

Ob sie mich einfach ihm überlassen, um mich loszuwerden?

20.

Es fühlt sich an, als würden unsere Befürchtungen im gleichen Moment wahr werden.

Maloya, heute

Eine Weile nach unserem Intermezzo steht Lex gemächlich auf, nimmt sich ein Papiertuch aus dem Spender neben dem Sofa und reinigt sich damit. Träge sehe ich ihm dabei zu und genieße es, dass ich mich gerade kaum für meinen Körper schäme. Klar würde ich mich jetzt gerne bedecken, aber das Bedürfnis ist nicht so dringend und unumstößlich wie sonst.

Während ich mich ohne Unterwäsche – ich werde sowieso gleich Duschen – in Pullover und Hose zwänge, sehe ich ihm zu. Noch einmal mustere ich eingehend seinen Oberkörper, kann aber auf der Brust keine Narben entdecken die verheerenderer wären, als die an seinem Bein. Vermutlich ist es sein Rücken, weswegen er sich schämt.

Ich versuche durch die Spiegelung, in der Glasfront zu unserem Garten, etwas zu erkennen, sehe aber nichts. Es ist zu hell draußen. Er zieht sich das weiße Shirt wieder über und das war's dann auch. Als er seine Hose hochzieht, erhasche ich einen kurzen Blick auf ein Messer, aber das wundert mich nicht mehr.

Wir werden uns eher früher als später mit dem Thema befassen müssen, aber im Moment steht mir nicht der Sinn danach. Schließlich habe auch ich noch etwas zu klären. Ich werde später ein paar Kleider einpacken müssen, damit ich gleich nach der Aussprache mit Rob gehen kann.

Plötzlich steigt mir der Geruch von Gumbo in die Nase und mir wird bewusst, dass es noch immer auf dem Herd steht. Ich entschuldige mich kurz, ziehe mir Schuhe an und gehe dann durch die Smartphone Scherben zum Herd, um das Essen herunterzuholen.

«Magst du was trinken?», frage ich Lex, der sich gerade die Socken anzieht. «Ja bitte.» Das weiße Shirt klebt an seinem verschwitzten Körper und zeigt mehr, als es verbirgt. Ich genieße den Anblick, während ich zwei kleine Flaschen Wasser aus dem Kühlschrank nehme.

«Oh, wir haben unsere Kaffees gar nicht getrunken», stelle ich fest. «Das eben war besser als Kaffee.» Er schenkt mir dieses spitzbübische Grinsen und zwinkert mir zu.

Dann schlendert er zu mir in die Küche, nimmt mir das Wasser ab und kniet sich dann über die Überreste meines Handys. «Das ist Schrott.»

Mein Blick wandert von seinem Nacken über das nasse Shirt zu seiner breiten Schulter und dem schwarzen Tattoo, das sich darunter abzeichnet. Es sieht aus wie … Nein! Unmöglich!

Der einzige Grund, aus dem ich meine Wasserflasche packe und über ihn halte ist, weil ich mich beruhigen will. *Du kippst ihm was Wasser über, damit das Shirt ganz durchsichtig wird, dann siehst du dir an, was für ein Tattoo es wirklich ist und sagst, es wäre ein Scherz gewesen.*

Ich glaube zwar selbst nicht daran, sage es mir aber immer wieder, während ich die Flasche öffne und über seinen Rücken kippe. Als das kalte Wasser ihn trifft, dreht er sich natürlich ab.

«Was wird das?»

«Das war ... Kakerlake.» *Wieso bist du nicht beim Scherz geblieben?*

«Das war Kakerlake?» Er lächelt mich an und steht dann auf. «Du bist ein grammatikalisches Genie», witzelt er und küsst mich kurz.

«Gib mir das Shirt, dann werfe ich es kurz in den Trockner.»

«Nicht nötig, danke. Mir war vorhin sowieso ziemlich heiß.» Wieder zwinkert er mir zu, aber meine Reaktion darauf bleibt aus. Nun bemerkt auch er meine Veränderung. «Was ist?», fragt er. Seine Augen kühlen um gefühlte hundert Grad ab.

Rückwärts trete ich weg von ihm. «Dein Tattoo. Was für ein Motiv ist das?»

Es fühlt sich an, als würden unsere Befürchtungen im selben Moment wahr werden. Er macht einen Satz auf mich zu, ich springe zurück. «May bleib stehen!»

«Du gehörst zu denen!» Damit drehe ich mich um und renne aus der Haustür. Ich hoffe, dass irgendwas an seinen Regungen echt war. Dass er mich vielleicht genügend mag, dass er mich nicht verfolgt und tötet. Wobei ich eigentlich schon längst gelernt habe, wem die Loyalität eines jeden OWL Mitglieds gehört. Nicht mal Cabbage war bereit gewesen, mein Leben zu verschonen, als sein Boss ihm befahl, mich loszuwerden.

Als ich das Ende unserer Einfahrt erreiche, höre ich deutlich seine Schritte hinter mir. Ich beschließe nach rechts, durch den Garten unseres Nachbarn zu laufen. Es hat also doch was Gutes, dass ich seinen Rottweiler ab und an hüte. Vielleicht hält der Hund ihn auf.

Actionfilmmäßig springe ich über den Zaun und lande keine drei Yards neben der Hundehütte. Sofort ertönt lautes Gebell. Ich nehme mir nicht die Zeit, mich nach dem Hund oder Lex umzusehen, sondern laufe weiter, so schnell es geht.

«Maloya bleib stehen verdammt! Du bist so gut wie tot!» Der Rest seiner Tirade geht in Knurren und Bellen unter. Offensichtlich scheint der Hund auf ihn zu reagieren.

Das mannshohe Tor an der Rückseite des Anwesens ist abgeschlossen. Ich klettere drüber, bleibe aber oben mit der Hose am Zaun hängen. Glücklicherweise reißt der Stoff, als ich Kopf voran herunterfalle. Mir bleibt keine Zeit für eine Zustandsanalyse, denn ich höre den Hund winseln. Vermutlich hat Lex einen Weg gefunden, ihn loszuwerden. *Oder er hat ihn getötet.*

Ein Schauer schüttelt mich, während ich über die Straße in einen anderen Garten laufe, in dem das Tor auf der Rückseite offensteht. Ich sprinte durch, komme auf ein anderes Grundstück, das zur Straße hin mit Betonmauern geschützt ist. Super. Ich keuche und der Schweiß läuft in Strömen an mir herunter.

Rechts von mir steht ein Tisch am Zaun. Ich springe darauf und hangle mich drüber in einen weiteren Garten. Eine ältere Frau mit Hut und einer Hacke in der Hand sieht mich erstaunt an.

«Bitte helfen Sie mir! Ich werde verfolgt!» Sie reagiert schnell, winkt mir zu und eilt voraus in Haus. Sie schließt hinter uns ab und zieht die Vorhänge zu. «Ich rufe gleich die Polizei», sagt sie und ihre Stimme bleibt dabei erstaunlich ruhig.

«Keine Polizei! Ich muss meinen Kontakt beim FBI anrufen, aber ich habe seine Nummer nicht. Ich …» Unschlüssig stehen wir einander gegenüber, bis mir die Idee kommt. «Ich muss meinen Mann anrufen. Er hat sie.»

Die Dame eilt davon und kommt mit einem schnurlosen Telefon zurück. «Hier bitte.» Während ich Robs Nummer wähle, versuche ich wieder, zu Sauerstoff zu kommen. Vermutlich versteht er kein Wort, so wie ich gerade nach Luft japse.

Natürlich geht er nicht ran. Ich versuche es gleich wieder und darauf gleich nochmal, dann geht er ran. «Loya! Was verdammt noch mal ...» Weiter kommt er nicht. Wahrscheinlich realisiert er gerade, dass ich mich wie eine Dampflok anhöre. «Lex.» *Einatmen, ausatmen.* «Er gehört zu ihnen.» *Einatmen, ausatmen.* «Ich habe ...» *Einatmen, ausatmen.* «Sein Tattoo gesehen.» *Einatmen, ausatmen.* «Er verfolgt mich.»

«Verdammt! Wo bist du? Ich komme sofort.» Ahnungslos sehe ich zu der älteren Dame hin, die sofort versteht. Sie nimmt mir das Telefon kurz ab, sagt ihm die Adresse und gibt es dann zurück in meine zitternden Finger. «Ich bin in zehn Minuten da», sagt Rob.

«Halt warte! Du musst mir noch die Nummer von Agent Prawn geben.»

«Ich rufe ihn gleich aus dem Wagen an.»

«Gut.»

Erschöpft lasse ich mich an Ort und Stelle auf den Boden sinken und reiche das Telefon zurück. «Ich hole ihnen ein Tuch zum Umbinden und Wasser.» Damit geht sie aus dem Raum, den ich nun als Wohnzimmer identifiziere.

Ich sehe an mir herunter und stelle fest, dass die Überreste meiner zerrissenen Jeans rot sind. Der Zaun hat einen Kratzer über den ganzen Oberschenkel gezogen, aber das Blut trocknet schon. Dennoch setze ich mich etwas anders hin, damit der Boden nichts abbekommt.

«Und Sie wollen wirklich nicht die Polizei rufen?», fragt die Dame aus einem anderen Raum.

«Nein. Er soll sich nicht bedroht fühlen. Es gibt da jemanden, ein Mädchen, und ich will sie auf keinen Fall gefährden.» Mittlerweile ist Grata ziemlich sicher eine Frau. Das war sie praktisch schon, als ich sie das letzte Mal sah.

«Das tut mir leid», antwortet sie und betritt dabei den Raum mit einem Umhängetuch und einem Glas Wasser. Sie scheint zu wissen, wann man keine Fragen stellt. Dankbar nehme ich ihr beides ab. Das Tuch lege ich neben mich für später, dann trinke ich hastig das Wasser. Ich war vorhin schon durstig, nachdem Lex und ich … Um ein Haar kommt mir das Wasser wieder hoch.

Gratuliere. Sieben Jahre und es hat sich nichts verändert. Du gibst ihnen wieder deinen Körper, weil du so naiv und dumm bist!

Ich schlinge die Arme um meine Knie und lege den Kopf darauf. In der Zeit bis Rob eintrifft, gehe ich alle Möglichkeiten für meine Zukunft durch, die mir auch nur annähernd realistisch erscheinen. Eine davon wäre untertauchen, aber die schiebe ich gleich wieder weg. Wenn Lex mich weitersucht, bin ich die einzige Spur zu OWL. Ich muss dem FBI helfen. Wenn es die Organisation noch gibt, gibt es vielleicht auch Grata noch.

Als es an der Haustür klingelt, fragt mich die Frau, wie sie Rob denn erkennen könne. Ich raffe mich also vom Boden auf und sehe durch den Türspion, bevor ich die Tür öffne.

Wir fallen uns wortlos in die Arme. Robert hält mich und murmelt beruhigendes Zeugs, diesmal wirkt es nicht mehr. Die Vertrautheit zwischen uns ist fort. Rob hat sie zerstört.

Vielleicht sollte ich Agent Prawn fragen, ob er mich irgendwo unterbringen kann. Keine schlechte Idee, finde ich.

«Ich bringe dich erstmal zu den Heaverings. Dort kannst du ein Bad nehmen und wir warten auf das FBI.» Ich nicke und wickle mir das Tuch um die Hüften. Dann drehe ich mich zu meiner Helferin in Not und bedanke mich herzlich bei ihr. Irgendwann werde ich ihr ein Gebäck vorbeibringen, aber das wirkt noch Ewigkeiten entfernt.

Als wir zu Robs Auto gehen, sehe ich mich pausenlos um. Hinter jeder Hecke erwarte ich Lex mit einer Waffe stehen. *War es das, was ich gehört habe, als er die Hose fallen ließ?*

Ich setze mich auf den Beifahrersitz und wir beide verfallen in Schweigen, bis er vor Cyril und Violetts Haus vorfährt. Violett kommt sofort herausgerannt. «Oh Gott Maloya!» Sie mustern mich und es muss ihr schwerfallen, mir nicht zu sagen, wie schlecht ich gerade aussehe.

Wortlos gehe ich an ihr vorbei ins Haus. Rob folgt mir. «Komm. Violett hat dir schon das Wasser eingelassen.» Er führt mich die Treppe hoch. Ich folge dem Geräusch von laufendem Wasser und lande in einem großen Badezimmer mit Eckbadewanne.

«Zieh dich aus», fordert Rob und hält die Hand ins Wasser, um die Temperatur zu prüfen. Dann schließt er den Hahn. Ich schüttele den Kopf. «Ich will, dass du dich ausziehst. Dann können wir deine Kleider in der Zwischenzeit waschen und trocknen.» Ich habe nicht vor, so lange zu baden. Ich will mich kurz säubern und dann runter, sobald das FBI da ist.

«Braucht ihr nicht.» Ich nicke zur Tür, damit er mich endlich allein lässt. «Du willst dich nicht vor mir ausziehen, stimmt's?» Er klingt wütend.

«Du hast mein ganzes Geld verprasst und noch nicht mal den Anstand, mir davon etwas zu sagen! Ich werde mich ganz bestimmt nie mehr vor dir ausziehen!» Nun erhebe auch ich meine Stimme. Es fehlt nur noch, dass ich mit dem Finger auf ihn zeige. Ich bin gerade um mein Leben gelaufen, hatte Todesangst und will jetzt garantiert nicht streiten, aber er zwingt mich dazu.

«Aber vor Alexander tust du's? Oder wie kommt es, dass du sein Tattoo gesehen hast?» Ich könnte irgendeine Ausrede erfinden, aber das ist nicht meine Art. Die Entscheidung stand fest, auch wenn ich mich in Lex getäuscht habe. «Das geht dich nichts mehr an. Ich will die Scheidung. Und weißt du was? Nach der Sache mit dem Geld wirst du vor Gericht sehr schlecht dastehen.»

Ich mutiere zu jemandem, den ich selbst nicht mag. Zu drohen ist nicht meine Art, aber ich fühle mich von allen Seiten in die Ecke gedrängt. «Aber dich vor deinem gefährlichen Stecher retten, das darf ich dann, was?»

«Raus!» Ich bin überzeugt, man hört mich vier Häuserreihen weiter noch.

21.

Auf eine perfide Art ist es ein beruhigendes Gefühl, wenigstens noch mal die Sonne gesehen zu haben, vor dem Tod

Maloya, damals

Ich schrecke aus dem Schlaf hoch, weil die Tür aufgerissen wird. Fifty und Cabbage kommen eilig auf mich zu. Irgendwas in ihren Blicken ist anders. Ich fixiere Cabbage und versuche herauszufinden, was sie vorhaben.

Sie reißen mich unter den Armen hoch und fesseln mir die Hände hinter dem Rücken. Ich bin zu verwirrt, um mich überhaupt zu wehren. Das kam definitiv noch nie vor. Gefesselt wurde ich sonst nur im *Arbeitszimmer* und auch nur dann, wenn ... Na Ja.

Wortlos führen sie mich in den Korridor. Ich höre noch Gratas Wimmern hinter mir, dann fällt die Tür ins Schloss. «Wohin gehen wir?» Sie antworten mir nicht. Wir gehen am Duschraum vorbei die Treppe hoch. «Hey du!» Ich versuche Cabbage dazu zu bringen, mich anzusehen. Er ist meine einzige Hoffnung auf Informationen. «Sieh mich gefälligst an!», brülle ich, aber er ignoriert mich weiter.

«Was wird das?», frage ich, als wir an den Arbeitszimmern vorbei sind und durch eine bewachte Tür treten. Cabbages Verhalten ängstigt mich. Er hat bisher noch nie geschwiegen. Wenn er meine Fragen nicht beantworten wollte, hat er mich beleidigt, aber er ist nie so verheißungsvoll still geblieben wie jetzt.

Wir bleiben vor einer weiteren Tür stehen und plötzlich wird es dunkel. Einer der beiden hat mir einen muffig riechenden Stoff über den Kopf gezogen. Hastig drehe ich ihn, um zu prüfen, ob ich irgendwas erkennen kann, aber ich sehe nur heller und dunkler.

Sie ziehen mich weiter. Würden sie nicht beide jeweils einen meiner Arme halten, verlöre ich das Gleichgewicht. Ich finde mich in der Dunkelheit nur schlecht zurecht und habe das Gefühl, der Boden schwankt. *Ob sie mir gestern eine extra große Dosis verpasst haben? Ich habe mich schon die ganze Zeit viel mehr stoned gefühlt als sonst.*

Ich stolpere über irgendeine Schwelle und dann ist es hell. Sonnenlicht dringt durch den Stoff und bringt meine Augen zum Brennen. Auf eine perfide Art fühlt es sich beruhigend an, vor dem Tod – seit wir das Gebäude verlassen haben, bin ich überzeugt, dass dies meine letzte Reise sein wird – wenigstens noch mal die Sonne zu sehen.

Ich höre, wie eine Autotür geöffnet wird. «¡No, en el maletero, como siempre!» *Nein, in den Kofferraum wie immer.* Es ist Fifty, der da spricht. Dann werde ich herumgerissen und gegen etwas Hartes geschubst.

22.

«Das mit Maloya war von Anfang an eine Scheißidee!»

Robert, heute

Ich gieße mir einen ordentlichen Schluck Bourbon aus Cyrils Bar ein und verfluche den Tag. Sieben Jahre lang läuft alles gut und dann muss mir diese verdammte Scheiße um die Ohren fliegen. Und dann ausgerechnet an dem Tag, an dem ich wenigstens einen Teil des Drogengeldes wiedergewonnen habe. Hätte ich noch zwei, drei Stunden weitergespielt, wäre OWL zwar noch immer pleite, aber nicht mehr verschuldet gewesen. Vielleicht lässt sich noch was retten, es darf einfach nie zur Scheidung kommen, denn ohne West Imports, keine OWL.

Cyril gesellt sich zu mir ins Wohnzimmer. «Also wie viel hast du?»

«Knapp ein Drittel.» Er geht zur Bar und füllt auch sich ein Glas mit Bourbon. Wir müssen nicht darüber sprechen, um zu wissen, dass Big Bird uns alle kaltmachen lässt, wenn wir das mit dem Geld nicht klären. Er wird einfach aufräumen und so weitermachen, als wäre nie etwas gewesen. Ein kränkelnder Geschäftszweig weniger.

«Wo verdammt noch mal bleibt Violett?», frage ich, weil sie schon ewig bei Loya oben ist. «Schatz, lass die arme

174

Maloya erst mal zur Ruhe kommen», ruft Cyril durchs Haus. Mir stellen sich die Nackenhaare auf, bei seinem Tonfall. Sogar wenn er nett klingen will, klingt er wie der fadenscheinige, schleimige Loser, der er nun mal ist. Wäre er nicht unser Verbindungsmann zu Big Bird, müsste ich ihn schon allein deswegen töten lassen, weil er so übel riecht.

Das Klacken von Violetts Absätzen hallt durch den Flur. Sie setzt sich auf den Couchtisch vor mich und klopft auf den Platz neben mir. Cyril setzt sich natürlich brav hin. «Wir haben ein Problem», beginnt sie.

«Ich habe noch ein bisschen mit Maloya geplaudert, um herauszufinden, wie viel sie weiß.» Verdammt! Sie sieht uns beide kurz an, bevor sie fortfährt. «Robert? Wann wolltest du uns erzählen, dass sie die Scheidung will, weil ihr Bankrott seid?!»

Ich greife mir an die Nasenwurzel und verfluche mich dafür, dass ich sie überhaupt hierher gebracht habe. «Ihr seid was?!», fährt mich Cyril an. Jetzt gibt es wohl keinen Ausweg mehr.

«Ja, es gibt kein Geld von Maloya mehr, das wir in OWL stecken könnten. Deshalb habe ich das mit den Drogen ja überhaupt ans Land gezogen!» Es ist deutlich sichtbar, wie sich in ihren Augen die Abscheu spiegelt.

«Jedes Mal, wenn du eine Entscheidung allein triffst, zerstörst du unser Geschäft ein bisschen mehr!» Cyril wird immer lauter. «Wann wolltest du es uns sagen? Wenn Big Bird uns die Pistole an den Kopf hält?», fragt mich nun Violett. Vermutlich ist sie am meisten wütend auf sich selbst. Immerhin hat sie mich erst gerade des Geldes wegen angebaggert.

«ICH leite diese Organisation und zwar so, wie ich es für richtig halte!» Damit versuche ich, die Diskussion zu beenden.

«Das mit Maloya war von Anfang an eine Scheißidee!», fährt mich Cyril weiter an. «Die Scheißidee hat uns aber 12 Millionen Dollar eingebracht!», rechtfertige ich mich.

«Ach ja hat sie das? Ich habe nicht das Gefühl, dass OWL viel davon gesehen hat. Das hast du über die Jahre alles selbst verspielt. Es wäre sowieso eine Frage der Zeit gewesen, bis ihr die gefälschten Kontoabschlüsse aufgefallen wären. Ich habe dir immer gesagt, das rächt sich irgendwann», sagt Cyril und steht auf. Er geht im Raum auf und ab, während ich über den Plan nachdenke, der sich in meinem Kopf bildet.

«Wir können Lex nicht mehr trauen, er hat hinter meinem Rücken meine Frau gevögelt», beginne ich, aber Violett fällt mir ins Wort. «Er hat deine Geldquelle gefickt, genauso wie es all unsere Kunden damals getan haben. Was erwartest du von ihm? Es war schließlich keine richtige Ehe.»

«Kein Wunder, dass deine Frau den Adonis in Schutz nimmt», sage ich an Cyril gewandt. «Sag uns einfach, wie wir Maloya loswerden, ohne dass jemand Fragen stellt», erwidert er und lässt sich auf der Couch zurückfallen. «Loya hat Lex als OWL Mitglied identifiziert, richtig?» Beide nicken. «Er wird sicher bald hier sein. Wir verlangen von ihm, dass er seinen Fehler wiedergutmacht und sie hier erledigt. Zuvor rufen wir das FBI an», schließe ich.

«Und was sagen wir denen, warum gerade in meinem Haus?», fragt Cyril. «Na, weil ich ihre Freundin bin. Wir haben doch schon so viel zusammen erlebt», sagt Violett in einem gekünstelt rührseligen Ton und fasst sich dabei ans Herz.

Cyril nickt, sieht aber nicht allzu glücklich aus. «Was denkst du, wie lange brauchen die?», fragt er. «Keine Ahnung, wir rufen einfach an, wenn er da ist und halten ihn noch etwas hin.»

«Dann sind wir wieder gleich weit wie vor zwei Jahren. Woher bekommen wir so schnell jemanden, der sowohl die Logistik Division von West Imports führen kann als auch das Tagesgeschäft von OWL? Und überhaupt, willst du einfach davon ausgehen, dass er vor dem FBI die Klappe hält?», fragt Cyril genervt.

In diesem Moment hören wir, wie die Haustür geöffnet und wieder geschlossen wird. Alexander tritt ins Wohnzimmer. Seine Miene wirkt verschlossen und an seiner Hose klebt Blut. Er sieht ziemlich mitgenommen aus. *Ob dieser Bastard wirklich so viel taugt, wie uns versprochen wurde?*

«Ich hoffe, es tut weh.» Ich zeige auf sein rotes Bein.

«Fick dich West! Ich bin nicht hier, weil ich mit dir darüber streiten will, ob ich dein kleines Sparschwein bumsen darf oder nicht. Sie hat mich enttarnt verdammt. Was jetzt?»

Violett und Cyril versuchen ihm mit Händen und Füßen klarzumachen, dass er leiser sein muss, aber er kapiert es nicht. «Jetzt hältst du erst mal den Mund. Loya ist oben im Bad, wenn du nicht endlich aufpasst, hört sie dich», erkläre ich ihm.

«Was jetzt?», fragt er zurück. «Wie gesagt, sie ist oben.» Mehr muss ich dazu gar nicht sagen, denn er versteht sofort. «Soll ich sie etwa hier erledigen? Und dann was? Warten wir bis es dunkel wird und dann bringen wir sie weg, oder was?»

«Ich sage nur, bring das in Ordnung, und zwar jetzt.» Cyril und Violett nicken ihm auffordernd zu. «Der Einzige, der hier etwas in Ordnung bringen muss, bist du. Du warst doch damals der, der sie unbedingt als Scheckbuch behalten wollte.»

«Was vor dir war, geht dich einen feuchten Scheiß an! Du hättest dich da einfach nicht einmischen sollen», sagt Cyril zu ihm und kommt mir damit zur Hilfe.

Alexander richtet seinen Blick auf Violett. «Gibt es keine medizinische Lösung, sie loszuwerden? So was wie mit dem Gift in Murphys Essen vor ein paar Monaten?» Sie schüttelt den Kopf. «Sie muss sofort verschwinden. Vielleicht können wir dem FBI zusammen weismachen, dass sie kurz vor dem Durchdrehen war.» Offensichtlich hat ihr Input geholfen, denn er holt seine Walther hervor und prüft das Magazin. «Na schön, ist euer Badezimmer», sagt er, bevor er die Treppe hochsteigt.

23.

Ich fühle mich, als gäbe es Maloya gar nicht mehr.

Maloya, Sommer 2012

Trotz der Aussicht auf meinen baldigen Tod, bin ich unglaublich froh, als sie endlich den Kofferraum wieder öffnen. Die frische Luft nimmt mir das Gefühl von Atemnot, auch wenn sie sehr warm ist. Den Temperaturen und Geräuschen nach zu urteilen, sind wir irgendwo in der Wüste. Damit kenne ich mich aus, schließlich stamme ich aus einem Dorf mitten im heißen Nichts.

Sie heben mich an den Armen aus dem Wagen und versuchen mich hinzustellen, ich sacke jedoch gleich wieder zusammen. In der Enge sind meine Beine so sehr eingeschlafen, dass ich sie gerade nicht mal fühle. Ich beginne, mit dem Oberkörper zu zappeln, um irgendwie die Beine zu reaktivieren.

Wenn ich richtig liege und wir hier zu dritt in der Pampa sind, darf ich jetzt meine letzte Chance nicht verstreichen lassen. Ich muss beide überrumpeln, dann kann ich mit dem Wagen flüchten. Was passiert, wenn das nicht klappt, daran will ich gar nicht denken.

Sie reißen mir die Kapuze weg. Ich schließe die Augen, weil mich das ungewohnte Sonnenlicht so sehr blendet.

Ich werde nicht kampflos aufgeben!

Immer wieder bete ich mir mein Mantra vor, während ich weiter auf dem Boden zapple und langsam wieder Gefühl in den Beinen bekomme. Durch die Steine lösen sich auch meine Fesseln langsam. Cabbage und Fifty stehen derweil etwas abgewandt von mir und unterhalten sich leise. Ein paar Sprachfetzen davon verstehe ich, aber sie machen mir keine Hoffnung. Deshalb beschließe ich gar nicht erst zuzuhören.

Vorsichtig stehe ich auf und bin erleichtert, dass ich meinen Körper so schnell unter Kontrolle bringen konnte. Ich sehe mich um. Etwa zehn Fuß links von mir ist eine betonierte Straße. Sie sieht offiziell aus. *Wollen die mich echt direkt neben der Straße kalt machen?*

Cabbage tritt zu mir heran. Am Tageslicht sieht sein Gesicht noch schlimmer aus. Ich starre in die Ferne, um ihn nicht länger als nötig ansehen zu müssen. Als er direkt vor mir steht und mich zu sich ziehen will, lasse ich es geschehen. Ich gehe den letzten Schritt zu ihm und ramme ihm mit aller Kraft mein Knie zwischen die Beine.

Während meiner ersten Zeit in Gefangenschaft habe ich das genügend oft geübt, dass der Hieb sitzt. Er hält sich erstaunlich lange auf den Füßen, bevor er doch noch in die Knie sinkt. Fifty zieht mich an den Haaren zu sich rüber. Mir bleibt keine Zeit, also schlage ich mit meinem Kopf nach seinem. Es knirscht schrecklich und Schmerzen explodieren hinter meinem Gesicht, als unsere Schädel zusammenschlagen, dann taumelt er zurück. Mir treten Tränen in die Augen, während ich versuche, den Schmerz unter Kontrolle zu halten.

Dummerweise lehnt Fifty sich genau an der Fahrertür an, während er sich das Gesicht hält. Also tue ich das einzig logische: Ich laufe um mein Leben.

Ich realisiere schon nach den ersten paar Schritten, dass mich das nicht weit bringen wird. Ich hätte Fifty irgendwie von dieser Tür wegbringen müssen. Hier draußen holen sie mich sofort wieder ein.

Als ich auf den schimmernden Asphalt trete, höre ich schon, wie einer der beiden mehrmals den Anlasser betätigt. *Habe ich wirklich mal Glück und sie haben eine Panne?* Nein. An Glück glaube ich schon längst nicht mehr.

Ich falle vor Schreck auf die Knie, als ein paar Sekunden später ein Wagen neben mich fährt. Panisch zerre ich an den beschädigten Fesseln und kann sie lösen. Vollkommen von Angst bestimmt, will ich auf allen Vieren davon krabbeln, da merke ich, dass dieses Auto grün ist. Der andere Wagen war hell, oder? Ich sehe rüber und stelle fest, dass die beiden das weiße Auto zurückgelassen haben und auf mich zurennen.

Schnell springe ich hoch und reiße die Tür des unbekannten Wagens auf. Drin sitzt ein gepflegter Mann mit Hemd und Brille. Seine grünbraunen Augen mustern mich besorgt. «Fahren Sie bitte!», rufe ich verzweifelt und als er sich nicht sofort bewegt: «Los jetzt!»

Endlich gibt er Gas und wir bringen schnell Abstand zwischen mich und meine Verfolger. Hätten sie auf uns geschossen, wäre es meine Schuld, wenn diesem Mann etwas passiert wäre.

Erst jetzt fällt mir auf, dass ich am ganzen Körper zittere. Irgendwas zwischen Adrenalin, Panik und Entzugserscheinungen vermute ich.

«Was ist hier los?», fragt mich der Mann nun. Im Fernsehen sagen die Opfer dann immer so was wie, «Ich wurde entführt», oder «Diese Männer wollten mich töten», aber ich bringe in diesem Moment nicht mehr heraus als: «Polizei.» Ich bin gerade schlicht nicht in der Verfassung, ihm irgendwas zu erklären.

Mit einer Hand hält er nun das Steuerrad, mit der anderen sein Handy. «Scheiße, kein Netz!»

Wir fahren eine ganze Weile, bis wir durch eine kleine Stadt kommen. An den Schildern erkenne ich, dass wir uns in den Staaten befinden. Mittlerweile quälen mich die ersten Krämpfe der Entwöhnung. Hoffentlich glaubt mir die Polizei überhaupt, wenn ich dort auf Cold Turkey auftauche.

Als wir in einem belebteren Teil des Ortes an einer Kreuzung halten müssen, sage ich wieder: «Polizei.» Mehr bringe ich einfach nicht raus. Der Mann sieht mich an und will seine Hand auf meine legen, aber ich zucke weg. «Ganz ruhig. Ich bringe Sie zur nächsten Polizeiwache.» Ich frage mich, ob es hier in diesem ganzen Ort keine einzige Polizeistation gibt, aber schlussendlich gehen die Gedanken in den Wirren des Entzugs unter.

Wir fahren noch durch zwei weitere kleine Orte, bevor wir an einer Polizeistation halten. Sie ist in einem hübschen, hellen Backsteingebäude, dass mich plötzlich einschüchtert. Ich fühle mich, als gehörte ich nicht hierher. Wir steigen aus und gehen auf den Eingang zu.

Auf der Treppe will mich mein Mut verlassen. Ich bleibe stehen und kämpfe gegen den Fluchtdrang an. Vermutlich wäre das hier einfacher, wenn ich eine Familie hätte, die auf mich warten würde. Dann müsste ich mich dem hier stellen. So aber habe ich das Gefühl, vermutlich Tausende Fragen beantworten zu müssen, um danach wieder auf dieser Treppe zu stehen und nicht zu wissen, wohin ich gehen soll.

Diesmal lasse ich den Mann meine Hand nehmen. Er führt mich hinein und sagt der Frau am Empfang, dass ich gefesselt vor zwei Männer geflohen bin. Sie fragt mich nach meinem Namen. «Maloya Collister.» Es ist komisch, diese Worte auszusprechen. Ich fühle mich, als gäbe es Maloya gar nicht mehr.

«Können Sie sich ausweisen Ma'am?» Ich schüttle den Kopf. Mir wird bewusst, dass ich nur das schenkellange Trägershirt und einen Slip trage. Das bedeckt gerade mal das Nötigste.

«Geburtsdatum?»

«Ich … Ähm … Also 1987.»

«Monat und Tag?»

«Ich weiß es nicht mehr», gebe ich beschämt zu. «Machen Sie sich keine Gedanken. Das ist doch jetzt alles nicht wichtig», ermutigt mich mein Retter.

«Und Sie sind?», fragt ihn die Frau. «Robert West.»

24.

Maloya, heute

Endlich bin ich Violett los. Sie hat mir noch gefühlte tausend Fragen gestellt und dabei immer wieder verschiedene Shampoos und Bodylotions gebracht.

Jetzt stehe ich endlich allein im Bad, kann mich aber nicht überwinden, in die Wanne zu steigen. Ich bange danach, dass endlich das FBI eintrifft, gerade als unten eine Tür geschlossen wird.

Lexs Stimme dringt zu mir herauf. Ich warte darauf, dass ein Tumult ausbricht, aber nichts passiert.

Mein Herz klopft mir bis zum Hals, als ich die Badezimmertür öffne und hinausspähe. Ich höre Rob sprechen, verstehe aber den einzelnen Wortlaut nicht. Er klingt jedenfalls nicht panisch, was wiederum mich in Angst versetzt. Warum lassen sie ihn rein und sprechen mit ihm, obwohl sie nun wissen, dass er einer von denen ist?

Ich schleiche durch die Tür zum Treppenabsatz. «Jetzt hältst du erst mal denen Mund. Loya ist oben im Bad, wenn du nicht endlich aufpasst, hört sie dich.» Es ist Rob und er ist offensichtlich überhaupt nicht erschüttert über

Lexs Anwesenheit. Ich muss dringend herausfinden, was hier läuft. Die einzige Möglichkeit, die mir dazu einfällt: das Lager von West Imports. Der Ort, an dem mich weder Lex noch Rob wissen wollten.

Mein Magen rebelliert, während ich meinem unguten Gefühl nachgebe und in den angrenzenden Raum haste. Von dort müsste ich eigentlich auf das Dach der Veranda kommen.

Ich eile durch Cyril und Violetts Schlafzimmer. Auf der Kommode liegt eine von seinen Bundfaltenhosen, an der seine West Imports Zutrittskarte hängt. Ich reiße sie mit samt Gürtelschlaufe weg und durchsuche die Säcke nach Geld. Da ich nicht fündig werde, öffne ich noch die Nachttischschublade auf dem Weg zum Fenster. Dort finde ich fünfzig Dollar und ein bisschen Kleingeld.

Damit beginne ich möglichst leise, das Fenster zu öffnen. Da es überhaupt keinen Ton von sich gibt, ziehe ich es von außen wieder hinter mir zu. Dann laufe ich über die komplette Veranda zur Straßenseite, an der das Gitter für die Klettergewächse steht. Jetzt kann ich nur noch hoffen, dass mich vom Wohnzimmer aus niemand sieht.

Hastig kämpfe ich mich runter und steche mich dabei an mehreren Dornen. So schnell es geht, laufe ich in Richtung Stadtzentrum, in der Hoffnung, ein Taxi zu finden. Ein paar Blocks weiter ist die Zentrale von El Paso Taxi. Spätestens dort müsste ich fündig werden.

Es fühlt sich an wie eine Ewigkeit. Meine Beine sind schon ziemlich erschöpft, als ich schwer atmend dort ankomme, aber ich werde nicht langsamer. Ich laufe, bis ich praktisch mit dem Schienbein gegen die Autotür stoße. *Immer in Bewegung bleiben.* Ein Tipp von Agent Prawn, der sich bis anhin immer bewahrheitet hat.

«Hi, nach Parkland bitte.» Der Fahrer begrüßt mich und fährt zum Glück direkt los. Er mustert mich allerdings kritisch im Rückspiegel. «Alles in Ordnung Lady?» Nein. Vermutlich wäre es das Beste, er würde mich bei der Polizei abliefern. Dort wäre ich in Sicherheit. Aber vermutlich würde ich dort auch nie die Wahrheit erfahren. Und Grata. Falls sie noch lebt, braucht sie meine Hilfe.

«Ja, alles bestens, danke. Ich bin nur viel zu spät dran», erkläre ich ihm möglichst ruhig. Trotz des Feierabendverkehrs kommen wir relativ schnell voran. Die ganze Fahrt über widerstehe ich dem Drang, mich umzudrehen und nach Verfolgern zu suchen. Spätestens wenn sie merken, dass die Zutrittskarte fehlt, wissen sie sowieso, wohin ich unterwegs bin. Bleibt mir nur zu hoffen, dass mir dort genügend Zeit bleibt. Von der Firma aus rufe ich beim FBI an. Jemand wird mich zu Agent Prawn durchstellen müssen. Schlimmstenfalls flüchte ich auf die nächste Polizeistation.

Im Geiste gehe ich alle Ausgänge und Versteckmöglichkeiten in der Halle durch. Ich überlege mir genau, wie ich im Notfall zur Polizei gelange und welche Wege sich dafür eignen, unentdeckt zu bleiben. Als wir ankommen, ist es draußen dunkel.

Mein Geld reicht gerade so und es tut mir leid, dass ich dem Fahrer nicht mehr geben kann. *Daran wirst du dich gewöhnen müssen, schließlich bist du jetzt bankrott!*

Ich steige aus und gehe um die Halle auf den Osteingang zu. Der liegt hinter einem der Hochregale und bietet so etwas Sichtschutz. Natürlich funktioniert Cyrils Karte auch nach den offiziellen Arbeitszeiten und die Tür öffnet sich.

Eine Weile verharre ich still und versuche herauszufinden, ob ich allein bin. Es bleibt alles ruhig, also gehe ich zwischen den Regalen durch, bis zum Wareneingang. Hier im offenen Bereich ist es etwas heller, vom Licht der Notausgangschilder. Bevor ich den geschützten Bereich verlasse, bleibe ich noch mal stehen und höre mich um. Noch immer herrscht Stille.

Ich husche an den Toren vorbei zu Lexs Büro, dessen Tür dummerweise verschlossen ist. Suchend sehe ich mich um, aber mir sticht nichts ins Auge, das mir helfen könnte. Mein Blick bleibt an der Beschriftung von Tor F hängen. Das Bild von Lex und Chad geistert durch meinen Kopf. Habe ich denn wirklich alle Warnungen ignoriert? Eine einzelne Träne entrinnt mir, die restlichen verkneife ich mir.

Rechts neben dem Büro hängt ein Feuerlöscher an der Wand. Mit Mühe hebe ich ihn hoch und schlage damit in die Mitte der Scheibe. Um ein Haar hätte ich ihn fallen lassen, weil er einfach so daran abprallt. Ich versuche es noch einmal weiter links und dann fast an der Wand. Es klirrt, als die geborstene Scheibe in Einzelteilen zu Boden fällt.

Ich lege den Feuerlöscher auf die Glasfassung und fahre darüber, um die übrigen Splitter zu entfernen. Es funktioniert relativ gut. Um noch etwas an Höhe zu gewinnen, lege ich ihn dann auf den Boden und positioniere mich so darauf, dass ich durch die Scheibe klettern kann. Ich mache mich darauf gefasst, mir einige Schnitte einzufangen und stelle den anderen Fuß auf die Kante.

Plötzlich werde ich von hinten gegriffen und zurückgezogen. *Sie sind hier!*

Jemand hält mir den Mund zu und drückt mich voran, ein anderer erscheint links von mir. Er ist komplett schwarz gekleidet und trägt eine Sturmmaske. Es kann aber weder Rob noch Lex sein, denn dieser Mann ist höchstens zwei Zoll größer als ich. Da würde nur Cyril übrig bleiben, aber der Vermummte ist weder übergewichtig, noch stinkt er.

Sie zerren mich durch die Halle zum gleichen Ausgang, durch den ich gekommen bin. Mehrmals versuche ich, mich freizukämpfen, aber sein Griff sitzt viel zu gut. Besser, als es Fifty oder Cabbage konnten. Draußen angekommen werde ich in einen schwarzen SUV gestoßen. Der andere schließt die Tür hinter mir und ich stelle mit Entsetzen fest, dass der Wagen innen keine Türgriffe hat. Hinten nähert sich ein Wagen, seine Scheinwerfer erhellen die Umgebung. Die Männer springen in ihre Sitze und fluchen. Eindeutig Amerikaner, ich höre keinen Akzent. Ohne Licht fahren sie hinter den nächsten Truck, wo wir stehen bleiben. «Was soll das?», frage ich wütend.

«Shhhht!», sagt einer der beiden bestimmt und hält eine Dienstmarke hoch. Auf die schnelle erkenne ich nicht, ob sie nun von FBI oder der Polizei ist, aber mittlerweile höre ich ein Motorengeräusch und mir wird klar, dass Lex und die anderen gerade ankommen. Dann haben die mich etwa gerettet? Oder wieder eine Masche, um mich irgendwo anders hinzubekommen? An einen Ort weitab der Zivilisation, an dem sie das zu Ende bringen können, was sie vor sieben Jahren begonnen haben?

Autotüren werden zugeschlagen und einen kurzen Moment später, rollen wir langsam im Dunkeln davon. Ich vergesse zu atmen, während ich durch die Rückscheibe auf Lex und Robs Wagen zurücksehe, bis sie außer Sichtweite sind. Auf der Hauptstraße angekommen, schaltet der Fahrer das Licht wieder ein.

«Woher weiß ich, dass Sie wirklich von einer Behörde sind?» Die beiden sehen sich kurz an, dann reicht mir der Beifahrer zwei Marken und Dienstausweise nach hinten. Während ich sie begutachte, ziehen die beiden ihre Masken ab. «Ich bin FBI Agent Javier Torres und das ist Agent Joe Brightwater», erklärt der Mann auf dem Beifahrersitz.

Die Ausweise sehen echt aus, aber es hat sich in letzter Zeit ja gezeigt, wie gut ich meinem Urteilsvermögen trauen kann. «Wenn das so ist, können wir sicher bei der Polizei vorbeifahren und ihre Identität bestätigen lassen?» Wieder sehen sich die beiden an.

«Nein. Kyle hat gesagt wir sollen alles in unserer Macht Stehende tun, um sie zu schützen», sagt Brightwater an Torres gewandt. «Ach komm, die lassen sich ganz sicher nicht vor der Polizei blicken.»

«Und wenn wir gesehen werden? Sie hat Kyle schon genug in Schwierigkeiten gebracht. Wir können nicht seinen Tod riskieren, nur damit sie jetzt gerade beruhigt ist. Wir bringen sie morgen aus der Stadt und dann fahren wir woanders zur Polizei», schlägt Brightwater vor. «Und wenn sie flüchtet? Er meinte, sie ist verdammt gewieft.»

Jetzt reicht's! «Erstens: Ich kann Sie hören! Zweitens: Wer ist Kyle und woher kennt er mich? Und drittens: Lassen Sie mich mit Lyncoln Prawn telefonieren, dann können wir uns das mit der Polizei sparen.» Natürlich sehen sich die beiden wieder an und führen eine stille Konversation. Dann holt Torres sein Handy hervor und scrollt eine Weile, bis er es sich ans Ohr hält. «Ja. Wir haben sie, aber sie will mit ihnen sprechen», sagt er ins Telefon, dann reicht er es mir nach hinten.

«Hallo», sage ich, weil mir nichts Besseres einfällt. «Maloya! Ich meine, Mrs. West-Collister. Sie glauben gar nicht, wie froh ich bin, von ihnen zu hören.» Es ist eindeutig Agent Prawn. «Ich bin auch unglaublich erleichtert Sie zu hören.» Nach diesem Satz bricht meine Stimme. Ich bringe kein Wort mehr hervor und habe Mühe zu atmen.

Torres lehnt sich nach hinten und nimmt mir das Handy aus der Hand. «Sie sind jetzt in Sicherheit.» Anscheinend realisiert das auch mein Geist, denn ich bin augenblicklich zu nichts anderem mehr fähig, als kläglich zu schluchzen.

Alles was mir etwas bedeutete, war eine Lüge. Was auch immer da zwischen Rob und Lex läuft, mein Mann wusste auf jeden Fall, dass Lex bei OWL ist. Oh Gott. Wahrscheinlich sogar beide. Robert, die Wüste, meine Rettung, plötzlich habe ich das Gefühl, das war alles kein Zufall.

25.

Manchmal kann die Freiheit einfach wahnsinnig erdrückend sein.

Maloya, Anfang 2013

Ich packe gerade die wenigen Kleider ein, die ich mit Lyncoln Prawn, einem FBI Agent, kurz besorgt hatte, bevor er mich hierher fuhr. Einzig das Sommerkleid, dass mir Rob einst schenkte, lege ich neben den kleinen Koffer. Es wirkt so unglaublich wertvoll, dass ich nicht riskieren will, dass es zerknittert.

Als ich alle meine wenigen Habseligkeiten im Koffer glaube, sehe ich mich noch ein letztes Mal um. Ich prüfe Kleiderschrank, Schubladen und Kommode damit nichts zurückbleibt. Dann stelle ich mich mit dem Koffer vor die Zimmertür und atme tief durch.

«Sie sind bereit für ihre Wiedereingliederung.» Immer, wenn ich zweifle, rufe ich mir wieder diesen Satz in Erinnerung. Hätte ich nicht so schlimm unter dem Entzug gelitten, hätte ich nie zugestimmt, hier in diesem Rehabilitationszentrum untergebracht zu werden. Jetzt allerdings fühlt es sich an wie ein Stück zu Hause. Hier kennen mich die Leute und ich weiß, dass ich ihren Erwartungen gerecht werden kann. Ob ich das draußen auch kann?

Es klopft an der Tür. Ich muss lächeln, denn ich weiß genau wer es ist. Rob kommt rein und sieht sich im leeren Raum um. «Na, alles gepackt?»

Er freut sich schon so lange auf meine Entlassung, dass ich ihn nicht mit meinen Ängsten betrüben will. Nicht, nachdem ich meinen Aufenthalt schon zweimal verlängert habe. «Ja, ich bin bereit», sage ich, klinge dabei aber nicht sehr überzeugt.

Rob nimmt mir die Tasche ab und hält mir seine Hand hin. Ich ergreife sie und lasse mich von ihm nach draußen führen. Er und Jennys Familie sind das, was mich hier herauszieht. Ihretwegen will ich zurück in die Realität. Sie alle sind felsenfest davon überzeugt, dass ich ein normales Leben führen kann, also will ich es versuchen. Dennoch habe ich in der Auffahrt des Rehazentrums das Gefühl, plötzlich vollkommen allein zu sein.

Seit dem Tag vor sieben Monaten, als Rob mich rettete, war immer jemand bei mir. Jennys Familie, die Polizei, das FBI, Psychologen, Therapeuten und Rob. Er stand immer an meiner Seite. Aber wenn ich mich nun vorerst bei ihm einquartiere, geht er morgen zur Arbeit. Es gibt dann niemanden, der mich davon abhält, mir Drogen zu beschaffen, wenn mich der Drang überkommt und keiner wird mich während einer Panikattacke beruhigen.

Wir kommen an seinem Wagen an. «Was ist?», fragt er und sieht mich mit zusammengekniffenen Augen an. «Es ist nur alles irgendwie ... ungewohnt.» Ich zucke dabei mit den Achseln. Es ist schwer zu beschreiben, was ich fühle. Manchmal kann die Freiheit einfach wahnsinnig erdrückend sein.

Er legt mein Gepäck in den Kofferraum und steigt dann zu mir ins Auto. «Du machst das gut. Setz dich nicht so unter Druck», beruhigt er mich und legt mir dabei seine Hand aufs Knie. Eine Berührung, die noch nicht lange möglich ist. Vor drei Wochen hätte ich mich dabei panisch an die Tür gepresst. «Siehst du? Es wird immer besser», ergänzt er und streicht mit dem Daumen über den Stoff.

Mein Handy piepst und ich hole es aus der Hosentasche. Das Ding ist mir noch immer nicht ganz geheuer, aber ich habe mich gut an das Touchscreen gewöhnt. Beängstigend, wie viel sich geändert hat, während der letzten fünf Jahre. Sogar einen neuen Präsidenten gibt es. Er soll gut sein, sagen die Leute.

Ich habe eine neue Nachricht. Sie ist von Lyncoln, mit dem ich mich mittlerweile sehr gut verstehe. Als engagierter FBI Agent leidet er darunter, dass er der OWL, die Organisation, der ich zum Opfer gefallen bin, nicht das Handwerk legen kann. Er nimmt mein Schicksal und das von vielen anderen sehr persönlich. In seiner Nachricht wünscht er mir viel Kraft für die ersten Tage und schreibt, dass er an mich glaubt. Ich muss lächeln, weil seine Worte mir wirklich helfen. Genauso wie Rob es tut.

Obwohl ich nun schon mehrmals mit zu Rob gefahren bin, um mich an die Außenwelt zu gewöhnen, starre ich noch immer gebannt aus dem Fenster. Ich sehe mir die Menschen auf den Straßen und in den Geschäften an und stelle immer wieder Dinge fest, die sich seit damals stark geändert haben. Ich frage mich, wie ich jemals wieder Auto fahren soll. In meiner Brieftasche steckt zwar ein Führerschein, weil ich den mit sechzehn gemacht habe, aber ich bin momentan schon von den vielen Passanten überfordert. Wie sollte ich da noch auf den Verkehr achten?

Als wir in Roberts Loft ankommen, bin ich total erschöpft von den Eindrücken. Er bringt mein ganzes Zeug in mein neues Zimmer, während ich mich auf den Balkon setze. Kurz darauf kommt er mit einer Tasse Tee und einem Kaffee zurück.

«Noch mal vielen Dank, dass ich vorerst bei dir wohnen kann. Ich fühle mich allein einfach noch nicht wohl», sage ich und nehme den Tee entgegen. «Du brauchst dich nicht zu bedanken. Es ist schön, dich hier zu haben.» Es ist nett von ihm, so zu tun, als würde er meine Anwesenheit schätzen.

«Loya, sieh mich nicht so an. Ich meine es wirklich ernst», sagt er.

«Ach, ich kann zwar mittlerweile ganz gut kochen, aber dafür vergraule ich dir alle Frauen.» Er hält inne beim

Trinken. Vermutlich hat er nicht damit gerechnet, dass ich das Thema Frauen ansprechen würde. Ich weiß sehr wohl, dass er ein erfolgreicher Mann ist und vermutlich daran gewöhnt, ab und an weibliche Gesellschaft zu haben. Also richtig weibliche, nicht so was Kaputtes wie mich.

«Hör mal Loya.» Er steht auf und kommt um den Tisch herum. «Ich weiß, du stehst am Anfang davon, dich wieder in die Gesellschaft einzugliedern und, dass das für dich keinesfalls leicht ist.» Auf die Knie gehend, greift er nach meinen Händen. «Aber du weißt schon, dass ich das hier nicht einfach aus Nächstenliebe tue?», fragt er und sieht dabei auf unsere Hände.

Um ehrlich zu sein, stellte ich mir diese Frage schon sehr oft. Warum hat er mich durch diese schlimme Zeit begleitet? Weshalb ließ er meine Hand von der Sekunde vor der Polizeistation bis jetzt kaum mehr los? Bin ich so was wie ein Sozialprojekt für ihn? Immerhin bot er mir eine Stelle in seinem Importunternehmen an, sobald ich mich bereit fühle. Bis jetzt aber habe ich diese Frage nie ausgesprochen. Ich war einfach nur dankbar, dass er da war und bin es auch jetzt noch. Dennoch ist es nun Zeit, die Hunde von der Leine zu lassen.

«Weshalb Robert? Warum tust du das alles für mich?»

«Weil ich dich liebe Maloya. Vermutlich habe ich mich schon in den ersten Tagen in dich verliebt, als du, trotz der Umstände und des Entzugs, so stark warst, deine Aussage immer und immer wieder zu wiederholen. Und, weil du zulassen konntest, dass ich deine Hand halte, auch wenn dich sonst niemand berühren durfte. Du verstehst das wahrscheinlich nicht, aber ich fühle mich geehrt, dir beistehen zu dürfen.»

Also bin ich so was wie eine Schwester für ihn? Oder ein Kind? Immerhin ist er elf Jahre älter als ich. Vielleicht hat er sich immer Kinder gewünscht und jetzt jemanden gefunden, den er betreuen kann. «Dann liebst du mich wie …?»

«Die atemberaubend großartige Frau die du bist.»

«Also wie … eine Frau? Ich meine … eine richtige Frau?» Seine Finger streicheln sanft meine Wange. Etwas, das er noch nie zuvorgetan hat. Er ist immer bemüht, mich in meiner Komfortzone zu belassen. Dennoch genieße ich die Berührung und schmiege meine Wangen in seine Hand.

«Bist du das denn nicht?» Vermutlich sieht er die Zweifel in meinen Augen, denn er wartet nicht auf eine Antwort. «Ich wünschte, du wärst meine Frau.»

«Ich weiß nicht … Ich könnte dir gar nicht … Keine Ahnung, ob wir jemals …» Ich gebe das Gestotter auf und senke mein Blick stattdessen auf seine andere Hand, die noch immer zusammen mit meiner auf meinem Knie liegt.

«Darum geht es nicht. Ich liebe dich für das, was du mir jetzt schon gibst. Würdest du mir die Ehre erweisen und meine Frau werden?» Völlig von der Frage überwältigt, reiße ich meine Augen auf und bringe kein Wort heraus. Innerlich wiege ich Vor- und Nachteile ab.

Rob war bisher der Einzige, den ich wirklich an mich herangelassen habe und ich fühlte mich von Anfang an sicher bei ihm. Das sind für mich zwei ausschlaggebende Argumente. Wenn er wirklich akzeptiert, dass ich vielleicht niemals wieder Sexualität zulassen kann und will, dann sehe ich keinen Grund abzulehnen. Kurz überlege ich mir, ob es um mein geerbtes Vermögen geht, aber davon weiß er noch gar nichts.

Lyncoln hat mir die Zugänge zu meinem Bankkonto organisiert und nie ein sterbens Wörtchen darüber verloren. So bodenständig wie meine Eltern und ich damals in Dell gelebt haben, bin ich mir sicher, dass nicht mal viele aus Hudspeth County wussten, dass meine Mutter eine Millionärin war. Immerhin zeigte sie sich nie glücklich darüber, dass mein Großvater – angeblich ein skandinavischer Adeliger – sich bei meiner Großmutter von allen Pflichten freigekauft hat. Vor allem verstand sie nie, weshalb ihre Mutter die Wahrheit über ihn mit ins Grab nahm.

Rob versucht, in der Hocke eine bequemere Position zu finden und bringt mich damit wieder zurück zu seiner

Frage. Ich sehe in seine warmen, grünbraunen Augen und sauge ihre beruhigende Wirkung in mich auf, bevor ich sage: «Ja, ich würde gerne deine Frau werden.»

26.

Robert, heute

«Es reicht!» Cyril und Alexander verstummen, während das Geräusch vom Spannen des Hahns zwischen den Regalen hallt. Der Lauf meiner Glock zeigt ruhig auf Alexander, der nicht sonderlich überrascht wirkt. Die Scherben vom Bürofenster klirren, als Cyril sich rückwärts von uns entfernt.

«Die Security sagt, Loya sei von zwei schwarzmaskierten Typen entführt worden, bevor wir hier waren.» Keiner der beiden regt sich, während ich die Ereignisse weiter rekapituliere. «Sie flieht vor uns und plötzlich wird sie von irgendwelchen anderen entführt? Und das nach dem letzten Samstag plötzlich die scheiß Bullen hier auftauchten? Weshalb war Chad überhaupt dabei, die Päckchen zu wiegen, obwohl es für Sonntagnacht geplant war und er eigentlich bei den Weibern unten hätte sein müssen?»

Ich rede mich in Rage, obwohl ich ruhig bleiben wollte, dabei bin ich noch längst nicht fertig. «Nur sieben Männer wussten von den Drogen und jeden einzelnen haben wir verhört, bis sie sich eingepasst haben, nur ihr beide und Violett wart sonst noch eingeweiht.»

«Und der Lieferant.» Wirft Alexander ein, ohne auch nur ein bisschen verängstigt zu klingen. Dieser beschissene Bastard hat einfach nicht genügend Respekt vor mir. «Aber du gibst mir doch recht, dass das verdammt viele Zufälle sind, oder? Vor allem, nachdem du deinen fehlenden Respekt vor mir bewiesen hast, indem du meine Frau, MEIN EIGENTUM, gefickt hast. Was sagst du dazu?»

Ich bemühe mich, nicht zu zittern, aber die Waffe wird langsam ziemlich schwer. «Ach komm. Du legst doch überhaupt keinen Wert auf sie. Maloya wollte mich und das hat sie bekommen. Vielleicht hättest du es ihr anständiger besorgen sollen?»

«Ich besorg's dir gleich anständig mit einer Kugel! Hast du sie darauf angesetzt, unsere Konten zu prüfen?» Nun sieht auch Cyril überrascht auf. «Nein, habe ich nicht. Du hast wohl einen Zahlungsbefehl bekommen, den sie einzahlen wollte. Mach mich nicht für deinen Scheiß verantwortlich!»

«Robert, mach mal halblang. Du hast uns doch erst in diese Lage gebracht.» Wirft Cyril in ruhigem Ton ein. Diese beschissenen Bastarde! «Hätte er nicht meine Frau gevögelt.»

«Würdest du uns noch immer verheimlichen, dass du komplett pleite bist!» Unterbricht mich Cyril schon wieder.

Das Klackern von Absätzen lässt unseren Streit verstummen. Violett kommt um die Ecke. Ihre Augen weiten sich. «Scheiße Robert! Nimm die Waffe runter. Wenn du jemanden von uns umlegst, bestätigst du damit nur, dass es ein Leck gibt. Wir müssen zusammenhalten. Tötest du Alexander, tötet Big Bird uns alle», sagt sie und sieht dabei missbilligend auf meine Glock. Verdammt.

«Unsere Krankenschwester hat recht», sagt Alexander. Ich löse den Hahn wieder, lasse ihn aber nicht aus den Augen. «Das ist noch nicht vorbei.» Sage ich ruhig, bevor ich brülle: «Und jetzt finde sie verdammt noch mal!»

Alexander geht ohne ein weiters Wort in Richtung Haupteingang weg, also marschiere ich in die entgegengesetzte Richtung davon. Cyril ruft noch etwas hinter mir her, aber ich höre nicht hin. Hinter der Lagerhalle lehne ich mich an die Wand und lasse meinen Kopf sinken.

Reiß dich zusammen Robert! Wie sind die nächsten Schritte?

Maloya muss weg, das ist schon mal sicher. Dann muss ich bis in drei Tagen die restlichen zwei Drittel der ausgefallenen Drogengelder zusammenbekommen. Und Alexander. Ich muss irgendwie rausfinden, ob wir ihm trauen können.

Ich ziehe mein Handy hervor und suche darin nach der Nummer unseres Hausdetektivs. Er geht beim zweiten

Klingeln ran. So was lobe ich mir bei meinen Leuten. «Was kann ich für Sie tun Mr. West?»

«Erinnern Sie sich noch an Alexander Rutherford?»

«Selbstverständlich. Wir haben ihn vor bald zwei Jahren eingehend geprüft.»

«Tun Sie es noch mal. Und ich will, dass Sie immer wissen, wo er gerade ist. Können Sie das machen?»

«Jawohl Mr. West. Ich schicke gleich Jemanden zu seiner Wohnung, dann wird sie verwanzt und sein Wagen mit GPS ausgestattet.»

Ich hänge auf und entspanne mich langsam wieder. Wäre doch gelacht, wenn ich das nicht wieder hinkriege. OWL ist mein Baby und mittlerweile eine der größten kriminellen Organisationen der Südstaaten. Ich werde das schon irgendwie deichseln.

27.

Die Gerüche, Farben, Geräusche und allgemein das Leben, sie sind alle einfach an mir vorbeigezogen.

Grata, heute

Ich bin froh, um die zusätzliche Kleidung, auch wenn es mir noch immer leidtut, Hannahs toten Körper halb nackt liegen gelassen zu haben. Wenigstens habe ich ihr den Slip und das kleine Top gelassen. Sie ganz auszuziehen, konnte ich dann doch nicht über mich bringen.

Auch den Schal und die kleine Decke, die ich ihr damals strickte, habe ich mir zurückgeholt. Es ist tragisch, dass ich meine Krankheiten hier überlebt habe, bevor es diese schreckliche Krankenschwester mit den grellen Fingernägeln und den unterschiedlichen Ohren gab, und Hannah ihrer Krankheit erliegen musste, obwohl diese bösartige Frau zweimal nach ihr gesehen hat. Aber damals war Maloya noch hier.

Maloya. Jeden Morgen bete ich für sie und jeden Abend bevor ich einschlafe, hoffe ich, dass sie sich irgendwie befreien konnte. Während ich stricke – und das tue ich oft – stelle ich mir vor, was alles aus ihr geworden sein könnte.

Manchmal holt mich die Realität ein. Dann weiß ich, dass sie tot sein muss. Dann weiß ich auch, dass ich bald tot sein werde.

Von all diesen widerlichen Kerlen, die früher ständig da waren, kommt heute nur noch Max und auch der ist nicht mehr wirklich interessiert. Wenn die wüssten, dass er manchmal nur bezahlt, um mit mir zu reden und mir Wolle zu bringen, wäre er genauso tot wie ich. Nur weniger ehrlos.

Ich habe nie aufgehört, mich jeden Tag durch meine Vergangenheit zu arbeiten. Immer wieder versuche ich, mich an all die schönen Dinge aus meiner Zeit im Freien zu erinnern, aber es ist praktisch alles verblasst. Die Gerüche, Farben, Geräusche und allgemein das Leben, sie zogen alle einfach an mir vorbei.

Mir bleibt nur, schnellstmöglich weiter zu stricken und mich davon abzulenken, dass sie jeden Moment kommen könnten. Dass jeden Moment alles vorbei sein könnte. Dabei fehlt mir nur noch dieser eine blaue Schal.

28.

Maloya, heute

«*Sie sind in Sicherheit.*» Noch immer geistern die Worte unablässig in meinem Kopf herum. Ich nehme ein Kissen vom Bett und lege es auf den Boden. Die meisten Menschen ekeln sich vor dem Fußboden eines Hotelzimmers, ich ziehe ihn jedoch gerade vor. Ich fühle mich sicherer neben dem Bett, als darauf.

Hotelbetten erinnern mich immer an unsere Arbeitszimmer damals in Gefangenschaft. Abgesehen davon, werde ich mich wohl erst mal waschen müssen, sobald Brightwater und Torres aus dem Zimmer sind. Zumindest haben sie mir versprochen, ihre Wache draußen abzuhalten.

«Wer ist dieser Eliot?», frage ich wieder. Mein Schädel dröhnt vom vielen Weinen, aber ich kann mich noch nicht entspannen. Ich will endlich wissen, was hier gespielt wird. «Eliot ist sein Nachname. Er heißt Kyle Eliot und reißt uns den Arsch auf, wenn wir es ihnen sagen. Wir haben ihm versprochen, dass er sie persönlich in Kenntnis setzen darf», antwortet Brightwater in seiner direkten Art. Mir ist schon auf dem Weg hierher aufgefallen, dass er immer sagt, was er denkt. Im Moment beruhigt mich diese Eigenschaft.

«Und ich kenne ihn?»

«Also ...»

«Das wissen wir nicht.» Fällt Brightwater Torres ins Wort und sagt mir damit, was ich wissen muss.

«Wissen Sie denn, ob Grata noch lebt?» Torres sieht zu Brightwater hoch, der das Gesicht verzieht. «Es tut mir leid, aber wir können ihnen wirklich nicht viel sagen. Wir sind lediglich zu ihrem Schutz hier.»

Wortlos gehe ich alle durch, denen ich, so wie sie sagen, Schwierigkeiten bereitet haben könnte. An erster Stelle steht Rob. Allerdings glaube ich kaum, dass das FBI eine ganze Firma wie West Imports als Tarnung unterhält. Genauso wenig wie sie es riskiert hätten, dass mein Geld weg ist und ich plötzlich misstrauisch werde. Ob er wirklich zu OWL gehört? Nein, vermutlich ist er in Geschäfte mit ihnen verwickelt.

Option Nummer zwei wäre der neue Security, was für mich am absolut logischsten klingt. Schließlich muss mich jemand auf den Sicherheitskameras gesehen haben, als ich eingebrochen bin. Aber hätte er dann einfach zugelassen, dass Lex mich damals mitnimmt, wegen des Verdachts auf Firmenspionage? Nein.

Das bringt mich zu Lex. Das und der Verdacht, dass es jemand aus Cyrils Haus vorhin gewesen sein muss. Nur jemand der vier Anwesenden konnte wissen, dass ich mich mit Cyrils Schlüsselkarte auf dem Weg zum Lager befand. Wie lange haben Torres und Brightwater wohl gebraucht, um dort hinzukommen? Aber Lex, der Mann mit dem OWL-Tattoo auf dem Rücken? Hand umkehrt, hat er mich mehrfach gewarnt. Aber dann verfolgte er mich und schrie mir nach, dass ich so gut wie tot sei.

Vielleicht Violett? Immerhin hat sie sehr viel mitbekommen. Aber weshalb sollte sie dem FBI Kyle nennen? Das ist eindeutig ein Männername.

Die beiden Agents positionieren sich draußen, bevor ich fragen kann, wie es weitergeht. Vermutlich könnten sie mir auch das nicht sagen.

Ich lehne meinen Kopf am Bett an und gehe das Gedankenspiel immer und immer wieder durch. Das Einzige, was mir dabei allerdings immer klarer wird, ist, dass ich mir wünschte, es wäre Lex. Offensichtlich habe ich trotz allem noch immer am meisten Vertrauen in ihn.

Wie konnte über acht Ehejahre erarbeitetes Vertrauen so schnell verloren gehen? Wie kommt es, dass ich nicht in Rob, sondern in Lex das Gute sehen will? Ich sollte diese ganzen Mutmaßungen lassen und meinem schmerzenden Kopf eine Pause eingestehen, aber es geht einfach nicht.

Während ich im Badezimmer unter die Dusche steige, rasen meine Gedanken ungebremst weiter. War es wirklich Zufall, dass Rob damals genau im richtigen Zeitpunkt durch die Wüste fuhr?

Es klopft an der Tür und Torres ruft: «Ich habe Kleider für sie Mrs. West.» Halb schreiend damit er mich hört, bitte ich ihn rein und bedanke mich. Wenn ich mich also irgendwann vom warmen Wasserstrahl lösen kann, habe ich wenigstens frische Klamotten. Wie damals. Alles ist gerade wie damals und dann auch wieder nicht.

Damals gab es keinen Kyle Eliot. Es gab keinen Insider. Vielleicht gibt es Hoffnung für Grata und die anderen. Ich brauche diese Hoffnung gerade mindestens genau so sehr wie sie. Ich brauche das Gefühl, dass ich nicht Grundlos durch all die Täuschungen musste. Dass dieser Kyle Eliot mich nicht einfach sinnlos in einem Hamsterrad der Gefahr gelassen hat.

Nach einer Weile entspannen sich meine Muskeln und ich fühle langsam die Erschöpfung. Ich wickle mich in den flauschigen Hotelbademantel und gehe zum Bett, um die Kleider zu holen, die mir Torres gebracht hat. Er hat wirklich an alles gedacht. Er macht das vermutlich nicht zum ersten Mal, sage ich mir.

Wieder im Badezimmer überprüfe ich all die Schrammen, die meine zweifache Flucht hinterlassen haben. Es blutet nichts mehr, also ziehe ich die Jogginghose an. Der lange Kratzer über meinem gesamten Oberschenkel brennt noch etwas, aber das interessiert mich nicht im Entferntesten.

Komplett angezogen lege ich mich nun doch aufs Bett. Warum hat Rob Lex hereingelassen, wenn er doch wusste, dass ich von ihm verfolgt wurde? Ist er vielleicht doch dieser Kyle und wollte ihn verhaften? Oder denkt er, ich wäre verrückt? Ich will mir einfach nicht vorstellen, dass er wirklich dazugehört, auch wenn plötzlich alles Sinn ergeben will.

Es klopft wieder an der Tür. «Ja?»

«Mrs. West, sollen wir ihnen etwas zu essen bestellen?» Es ist Brightwater. Seine Stimme ist tiefer und rauer als die von Torres. Er wirkt ein bisschen furchteinflößend mit seiner Größe und dem tiefen Timbre. «Nein danke. Und nennen sie mich Maloya. Auch wenn ich schon öfter kurz vor dem Tod gestanden habe, will ich mich nicht alt fühlen.» Sein leises Lachen dringt durch die Tür und ich muss selbst ein bisschen schmunzeln, jetzt wo mir bewusst wird, was ich gesagt habe.

Ich tue etwas, das ich schon sehr lange nicht mehr getan habe. Ich schließe meine Augen und beginne, Grata in Gedanken von meinen Erinnerungen zu erzählen. Stück für Stück beschreibe ich ihr die Einrichtung meines Kinderzimmers und bin froh, dass ich mich noch immer so gut daran erinnere.

Die Drogen haben vieles nur unterdrückt, nicht zerstört. Noch immer grabe ich gerne in meinen Erinnerungen, denn manchmal befürchte ich auch jetzt noch, sie können plötzlich verloren gehen. Im Moment jedoch nutze ich sie zur Ablenkung. So, wie man einem Kind eine Gute-Nacht-Geschichte vorliest, rede ich mich geistig langsam in den Schlaf.

Jedes Mal, wenn an meinem Zimmer jemand vorbeigeht, schrecke ich hoch und beruhige mich dann gleich wieder. Mein Kopf weiß, dass die beiden Agents mich beschützen, aber im Unterbewusstsein ist diese Information noch nicht angekommen. So schrecke ich auch jetzt auf, eine Sekunde bevor die Tür aufgerissen wird.

Da ich das kleine Licht neben dem Bett doch irgendwann ausgeschaltet habe, brauche ich einen Moment, um ihn zu erkennen. In fünf Schritten stürmt er durch das Zimmer, bevor er sich aufs Bett wirft und mich so fest umarmt, dass ich kaum Luft bekomme.

«Ich mache dann mal die Tür zu.» Höre ich Torres draußen sagen, dann sehen wir uns an. Selbst im Dunkeln wirken Lexs Augen hell und unglaublich intensiv. Ein paar Sekunden kann ich einfach nur froh sein, dass er es ist. Er, den ich mir mehr als jeden anderen gewünscht habe. Dennoch überkommt mich dann die kalte Wut.

Ich rücke von ihm weg und mache das Licht auf dem Nachttisch an. «Ich bin so froh, dass dir nichts passiert ist», sagt er und streicht mir dabei die Haare aus dem Gesicht.

«Wie lange geht das schon so?»

«Die Ermittlungen?»

«Lex! Bitte sag mir endlich die Wahrheit.»

«Kyle», sagt er und hält mir die Hand hin. Ich nehme sie. «Kyle Eliot, das ist die Wahrheit.»

«Kyle.» Ich spreche seinen Namen mehrmals aus und versuche, ihn mit ihm in Verbindung zu bringen. Ich mag, wie sich das Wort in meinem Mund anfühlt, aber es ist längst nicht so mit Gefühlen verwoben wie Lex.

«Es tut mir leid May. Das mit dir und mir war überhaupt nicht geplant. Im Gegenteil. Es hat die ganze Sache erheblich erschwert. Es tut mir leid, dass du dabei plötzlich in Gefahr geraten bist. Das, was zwischen uns gelaufen ist, tut mir jedoch überhaupt nicht leid.»

«Es hat nicht wegen uns angefangen, sondern wegen Cabbage», wende ich ein. «Das ist ziemlich unglücklich gelaufen. Er arbeitet eigentlich nicht in El Paso. Sie dachten, sie können ihn ein paar Tage hier einsetzen, weil zu wenig Leute da waren.»

Er atmet tief durch und zeigt mir damit, dass er noch nicht fertig ist. «Und ich vermute, dass Robert unvorsichtig geworden ist, weil er das ganze Geld verprasst hat und du es eh früher oder später gemerkt hättest.»

Ich löse den Blick von ihm, denn sonst könnte ich die nächste Frage nicht stellen. «War meine Ehe von Anfang an eine Finte?» Meine Stimme zittert, auch wenn ich sie zu kontrollieren versuche. «Ja, das war sie. Es tut mir so leid May. Anscheinend hast du damals immer wieder erwähnt, du hättest viel Geld. Also haben sie dich, als du nicht mehr rentiert hast, einfach anderweitig eingesetzt. Soviel ich weiß, war es seine Idee.»

Wenigstens besitzt Lex, ich meine Kyle, den Anstand, geknickt auszusehen. «Ist Rob ein hohes Tier?» Er bleibt still, bis ich meinen Kiefer vorschiebe, weil mich langsam die Geduld verlässt. «Er und Cyril sind die Köpfe der Organisation. Danach komme ich. Sie sind eigentlich genau gleich aufgestellt, wie West Imports.» Ich schlucke zweimal leer, fühle mich aber noch nicht bereit, die neuen Informationen über Rob zu verarbeiten.

«Wie lange bist du schon dabei?»

«Seit ich bei West Imports angefangen habe. Ich habe vor sieben Jahren mal kurz mit Lyncoln an diesem Fall gearbeitet und hatte deine Vermissten-Akte zigmal in der Hand, bevor ich mit meinem damaligen Dienstpartner zusammengetan wurde. Er war … einfach toll. Wir waren ein super Team, bis wir in eine Schießerei geraten sind. Das, was meinem Bein wirklich passiert ist. Clyde hatte weniger Glück, er starb noch vor Ort. Also bin ich Undercover gegangen, weil ich keinen neuen Partner wollte. Während diesem Auftrag habe ich mir einen Namen in der Verbrecherwelt geschaffen, der danach genutzt wurde, um mich bei OWL hereinzubringen. Seit bald zwei Jahren bin ich nun drin. Gott. Ich weiß nicht mal mehr, wie die Stimme meines Bruders oder die meiner Mutter klingt.»

«Seit wann wisst ihr, dass Rob der … keine Ahnung … *Chef* der Organisation ist?!» Ich rutsche ein Stück von Kyle ab, aber er kommt sofort nach. «Seit ich mit dabei bin. Ich bin über einen Handlanger dazu gekommen. Die Behörden sind jahrelang im Dunkeln getappt, vermutlich auch deshalb, weil er sich bis vor Kurzem immer auf sein Kerngeschäft beschränkt hat. Du kannst dir gar nicht vorstellen, wie schockiert ich war, als ich dich das erste Mal gesehen und von den Akten wiedererkannt habe. Erst war ich mir sogar unsicher, ob du nicht zu ihnen gehörst, aber dann haben wir zusammengearbeitet und mir war schnell klar, dass du niemals so sein könntest wie sie.»

«Du hast zwei Jahre lang zugesehen, wie sie mich als Anlage behalten?» Meine Stimme überschlägt sich und er zuckt zurück. Vermutlich versteht er langsam, was diese Informationen für mich bedeuten. «Warum?», frage ich.

«Maloya wir hatten keine Wahl. Es gibt da diesen Investor. Er ist der Mann, den jeder Kriminelle für sich gewinnen will. Man sagt, er verfügt über praktisch unerschöpfliche Ressourcen, die er nur in Geschäfte investiert, an die er wirklich glaubt. Er ist kein kleiner Kredithai. Dieser Mann verfügt über ein riesiges Vermögen, dass keine Bank der Welt jemals zu Gesicht bekommen wird. Einige von uns nennen ihn die Bank des Bösen. Rob und Cyril nennen ihn Big Bird, andere nennen ihn anders. Er tritt nie zweimal mit demselben Namen auf. Wenn ein Geschäft schiefläuft, wartet er nicht, bis das Geld zurückbezahlt wird. Er schaltet einfach alle beteiligten aus und sucht dann einen Nachfolger, der liebend gerne fremde Schulden zurückzahlt, damit er von ihm unter die Fittiche genommen wird. Wir wollen an diesen Mann heran.»

«Und deswegen lasst ihr all die Frauen weiterhin leiden?» Ich schlage seine Hand weg, als er mich beruhigen will.

«Wir konnten nicht anders. Ich habe in der Zwischenzeit die eine oder andere unauffällig befreien können, in dem ich sie für tot verkauft habe oder Ähnliches, aber da draußen sind noch so viele mehr. Es geht hier nicht nur um OWL und ihre Frauen, es geht darum, dass ein Mann dutzende solche Organisationen unterstützt, die tausende von Frauen auf der ganzen Welt gefangen halten. Aber nun ist es gelaufen. Robert traut mir nicht mehr.»

«Was heißt das?»

«Wir werden schnellstmöglich reagieren müssen, um wenigstens OWL hochzunehmen. Ich muss morgen zu West Imports zurück, um alles so vorzubereiten, dass den Frauen nichts passiert, dann holen wir sie uns.»

«Ich kann nicht glauben, dass ich nie frei war», spreche ich meinen einzigen klaren Gedanken aus. Ich ziehe meine Beine zur Brust, um das bodenlose Gefühl in meinem Magen zu unterdrücken. Damals wusste ich wenigstens, wie es um mich stand. Heute weiß ich gar nichts.

Kyle legt seine Hand so nahe an meine, dass ich seine Wärme spüre. Unsere Haut ist kein haarbreit voneinander entfernt. «Bitte glaub mir, von der Sekunde an, als ich dich Anfang letzte Woche ängstlich oben vor dem Aufzug habe stehen sehen, musste ich dich einfach schützen. Ich habe geschworen, Hunderten von Frauen zu helfen und nun stehen wir wieder am Anfang. Klar, es war nicht meine Schuld, dass du Chad gesehen hast, aber ich hätte das vorab verhindern sollen. Oder ich hätte es zumindest schaffen müssen, die Finger von dir zulassen. Dann würde Robert mir jetzt noch trauen.»

Er streicht ganz kurz über meine Finger und ich lasse ihn. «Jedenfalls was ich sagen wollte ist: Ich habe nicht mit dir gespielt. Zu keinem Zeitpunkt. Alles, was ich wollte war, dich aus der Gefahrenzone halten. Als ich dann erfuhr, dass Robert das ganze Geld verprasst hat, wollte ich mir einen neuen Plan ausdenken, denn du wärst für ihn nicht mehr lange von Nutzen gewesen. Dazu ist es allerdings nicht mehr gekommen. Weil wir …» Er legt sich auf den Rücken, aber seine Hand streicht weiter über meine. «Ich hätte nicht gedacht, dass ich nach alledem überhaupt jemals wieder mit einer Frau im Bett lande und dann das … Danach wolle ich dich mitnehmen und es dir an einem sicheren Ort schonend beibringen, aber dann hast du mein Tattoo gesehen.»

«Tut mir leid, dass ich weggerannt bin. Es sah einfach alles danach aus, dass …»

«Ich weiß, ich weiß», beruhigt er mich. «Warum dachtest du, dass du nie mehr was mit einer Frau anfangen würdest?», frage ich, weil ich nicht ganz verstanden habe, worauf er hinauswill.

«May, du bist der einzige Mensch, der nachvollziehen kann, was ich die letzten beiden Jahre alles gesehen habe. Nur schon, wenn ich darüber spreche, habe ich das Gefühl, ich könne nie mehr eine Frau anfassen, ohne diese abscheulichen Bilder im Kopf zu haben. Und dann kamst du. Du hast alles ersetzt mit deinem Lächeln und deiner Stärke und plötzlich konnte ich alles andere vergessen.»

Während seine Finger meine Hand liebkosen, schließe ich die Augen. Ich versuche, meine Gedankenflut zu ordnen. Abgesehen davon, dass mein Schädel dröhnt und ich erleichtert bin, dass Lex – ich meine Kyle – hier ist, weiß ich nicht im Entferntesten, wie ich mich fühle. Ich fühle von allem ein bisschen: Wut, Scham, Trauer, Erleichterung, Schock; und dann fühle ich wiederum auch nichts. Als ob da eine gähnende Leere in mir wäre. Nur ein kleines Stück Hoffnung, glimmt gerade zwischen allem anderem.

«Lebt Grata noch?» Plötzlich klinge ich aufgekratzt. «Ich habe bis jetzt nicht jede Frau gesehen. Ich versuche so gut es geht zu vermeiden, im Tagesgeschäft dabei zu sein. Ich teile die Mitarbeiter ein, sorge dafür, dass sie loyal und gehörig sind, organisiere den Transport von Frauen, aber sehen tue ich nur neue oder die, die aussortiert werden. Wenn du Grata Rodríguez meinst, dann kenne ich ihre Akte von den Federales. Ich weiß, dass ihre Leiche nie gefunden wurde. Es gibt eine gute Chance, dass sie noch da unten ist.»

«Ihr müsst sie retten», sage ich und schon wieder bricht meine Stimme. Er nickt. «Wir müssen sie alle retten.» Erst jetzt wird mir bewusst, wie viel Last auf seinen Schultern ruht. Ich wünschte, ich könnte ihm etwas davon abnehmen.

«Sag mal, was hat eigentlich Violett mit OWL zu tun? Sie saß vorhin mit euch im Wohnzimmer.»

«Sie ist seit ein paar Jahren Krankenschwester bei OWL. Kümmert sich um die kranken Mädchen und seit ich es geschafft habe, sie davon zu überzeugen, spritzt sie ihnen auch ein Verhütungsmittel.»

«Aber sie ist eine Frau … Wie kann sie uns so was nur antun?» Ich hätte nicht gedacht, dass ich noch entsetzter sein könnte als gerade eben schon, aber es ist tatsächlich möglich. Das heißt dann wohl auch, dass Violett eher auf mich aufpasste anstatt ich auf sie. Vermutlich dachten sie, Violett würde sofort von mir erfahren, wenn ich Verdacht schöpfe.

«Sie ist wirklich extrem verdorben. Ich glaube nicht, dass in ihr überhaupt eine Gefühlsregung steckt. Sie entscheidet übrigens auch mit, wer verkauft wird und wer bleibt», erklärt Kyle und lässt seine Hand auf meiner liegen.

«Hast du eine Ahnung, weshalb Grata damals nicht verkauft wurde? Ich denke, bei mir war es, weil Cabbage an mir hing.»

«Die Wahrscheinlichkeit ist groß, dass es am Alter lag. Ich sage es wirklich nicht gerne, aber junge Mädchen bringen einen Haufen Geld ein. Prostituiert werfen sie zehnfach mehr ab als einmal verkauft. Ich denke, bei dir wäre es schwierig geworden, einen Käufer zu finden. Deine Freundin hat ganz Juarez und den Staat Texas mit Plakaten von dir zugekleistert. Jeder kannte dein Gesicht. Dich zu kaufen, wäre ein sehr großes Risiko gewesen.»

Also lag es doch nicht nur an Cabbage. Ich schließe meine Augen wieder kurz, um die vielen Informationen zu verarbeiten.

«Kannst du mir verzeihen?», fragt Kyle. Sein Atem streift mein Ohr und auch wenn ich es nicht zugeben will, brauche ich seine Nähe gerade.

«Ich denke schon. Es ist alles so viel. Wenn ich es mir recht überlege, habe ich Lex gar nicht richtig gekannt. Erzähl mir was über deine Familie. Ich will was über Kyle erfahren. Wie alt bist du überhaupt?» Er muss schmunzeln.

«Fünf Jahre älter als du. Ich bin 37.»

Ich nicke, dann beginnt er zu erzählen und ich lasse alles andere los. Es gelingt mir erstaunlich gut. Ich stelle mir ihn als sorglosen Jungen vor, der mit seinem Bruder Basketball spielt und mir wird warm ums Herz. Es ist verständlich, dass seiner Familie das Kontaktverbot schwerfällt, aber ich denke sie wissen, wie viel er opfert, um anderen zu helfen, deshalb leben sie einfach damit. Während er von seinem kleinen Neffen erzählt, fallen mir die Augen zu.

29.

Ich liebe dich. Ich wollte es dir nicht sagen, bevor du nicht wusstest, wer ich bin.

Maloya, heute

Als ich das nächste Mal aufwache, ist es bereits hell im Zimmer. Ich versuche, mich zu strecken, aber Kyles Arm und ein Bein liegen über mir. Er hält mich quasi von hinten umklammert, als ob er mich nicht mehr gehen lassen will.

Einen Moment genieße ich die trügerische Idylle, dann rücke ich weg, weil seine riesige Gürtelschnalle sich in meinen Rücken drückt. Er brummelt und zieht mich direkt wieder an seinen Körper. Diesmal allerdings spüre ich nicht nur das harte Metall.

Er stützt sich auf den Ellbogen und streicht mir das Haar aus dem Gesicht. «Morgen», murmelt er, sieht auf mich runter und lächelt dieses bezaubernde Lächeln.

Ich drehe mich in seinen Armen, um ihm ins Gesicht zu sehen. Seine Hand liegt noch immer auf meiner Hüfte und sein Bein ruht über meinem, während ich in seinen grauen Augen versinke. Es fällt mir nicht mehr schwer, ihn nun als Kyle zu sehen, denn sein Blick ist viel offener. Er wirkt jünger, noch immer wachsam, aber nicht mehr so gefährlich.

Er lässt mich los und streckt sich, um sein Handy hervorzuholen. Ich löse meinen Blick von ihm und will aufstehen, aber er zieht mich zurück. «Ich muss bald los, aber noch nicht jetzt», sagt er und damit ist alles gesagt.

Ich schmiege mich an ihn. Unsere Körper berühren sich, gehen praktisch nahtlos ineinander über, nur unsere Lippen suchen sich noch. Als sie sich finden, weiß ich mit Sicherheit, dass ich hier Kyle und nicht Lex küsse. Dieses letzte bisschen Coolness, das er sich immer bewahrt hat, weicht jetzt unserer Verzweiflung.

Wir krallen uns aneinander fest, während unsere Münder nicht tief genug verbunden sein können. Kyle wälzt sich auf mich. Beide stöhnen wir auf, als er seine Erregung gegen mich presst.

«May», flüstert er in mein Ohr. «Ja», erwidere ich atemlos. «Ich liebe dich. Ich wollte es dir nicht sagen, bevor du nicht wusstest, wer ich bin.»

Er lässt wieder von meinem Ohr ab, sodass ich ihm in die Augen sehen kann. «Ich denke, nach all dem gestern ...»

«Sag nichts», unterbricht er mich. «Es ist alles gut.» Dann verschließt er meinen Mund wieder mit seinen Lippen.

Mein ganzer Körper brennt vom Verlangen nach ihm, nicht nur sexuell, sondern auch spirituell. Das hier fühlt sich an, wie Abschied und Neuanfang zugleich. Bevor meine Emotionen überkochen können, beginne ich an seiner Hose zu zerren.

Diesmal schaffe ich es, sie zu öffnen. Ich ziehe sie ihm zusammen mit seiner Pants aus. Für mich zählt gerade nur noch eins: Ihn in mir zu spüren. Ihm scheint es auch nicht anders zu gehen. Er zieht sich noch das Shirt aus, dann beginnt er, mir meinen Jogginganzug auszuziehen. In Nullkommanichts liegen wir beide nackt da und pressen wieder unsere Körper zusammen.

«Ich wünschte, du müsstest nicht mehr dahin», sage ich und streiche dabei mit der Hand über die Stelle, an der ich das Tattoo vermute. «Danach sind wir frei», antwortet er heißer und haucht ein paar Küsse auf meinen Hals.

«Mmh L- Kyle!» Er versteht mich und leitet mit den Knien meine Beine auseinander. Ich hebe ihm meine Hüfte entgegen. Auch er fühlt die gleiche Dringlichkeit, da bin ich mir sicher.

Unsere Körper bleiben wie zusammengeschweißt, als er vorsichtig in mich eindringt. Kaum zu glauben, dass das letzte Mal noch keine 24 Stunden her ist. Es fühlt sich wie Welten an.

Kyle legt seinen Kopf neben meinen. Ich fühle seinen Atem an meinem Hals, während er mir Zeit gibt, mich an ihn zu gewöhnen. Sobald sich der Druck etwas gelöst hat, kippe ich leicht meine Hüfte. Auch diesen Hinweis versteht er sofort. Er bewegt sein Becken etwas, presst sich dann tief in mich und hält den Druck für ein paar Sekunden.

Ich schlage meine Beine um seine Hüfte, um ihn noch näher zu fühlen. Wieder kippt er sein Becken und ich recke mich ihm entgegen. Diese Art von Sex ist neu für mich. Die Empfindungen überschwemmen mich nur so, während Kyle uns fest zusammenpresst.

Er legt seine Arme unter meinen Schultern durch und zieht mich damit noch fester gegen seine Hüften. Sein Glied pocht in mir und meine Muskeln krampfen im selben Rhythmus. Ich habe das Gefühl, kurz vor dem Höhepunkt zu stehen, ohne, dass wir uns großartig bewegen. Alle unsere Muskeln sind angespannt.

Wieder lässt er kurz locker, um sich dann umso fester in mich zu pressen. Von allein beginnt meine Hüfte, leichte Wellenbewegungen zu machen, was ihn zum Stöhnen bringt. Er brummelt an meinem Hals, beißt ganz zärtlich hinein und beginnt ebenfalls, sich ganz leicht zu bewegen. Von außen sähe man es vermutlich nicht mal, aber unsere Bewegungen fühlen sich unglaublich intensiv an.

Meine Fingernägel bohren sich in seinen Rücken, während ich mich auf meinen greifbar nahen Höhepunkt konzentriere und mich anspanne, bis mich die Empfindungen überwältigen. «Kyle!» Unkontrolliert komme ich, während er mir ins Ohr stöhnt und sich immer wieder unglaublich tief in mich presst. Die Muskelkontraktionen und seine Bewegungen lassen mein Hochgefühl nicht abflauen. Welle um Welle schüttelt mich noch immer der Orgasmus und ich klammere mich hilflos an Kyle, den nun auch das Zittern erfasst.

«Nicht aufhören», bettle ich, während er lauter wird und sich in mir ergießt. Wie gehofft, hört er nicht auf, sich zu bewegen. Die Wellen meines Höhepunkts lassen nach, aber es fühlt sich nicht an, als hätte ich bereits alles ausgekostet.

Er beginnt nun, sich herauszuziehen und richtig in mich zu stoßen. Immer wieder versenkt er sich in mir und bleibt dabei so steinhart wie zuvor. Sein Rhythmus ist stetig und bedächtig. Mit seinen Stößen schiebt er mich langsam über die Matratze. Wir küssen uns wie wild und mein Körper bleibt die ganze Zeit gespannt wie ein Bogen.

Es dauert nicht lange, bis sich meine Innere Muskulatur wieder um ihn krampft und ich den Kuss unterbrechen muss. Wieder stöhne ich seinen Namen und genau in diesem Moment, stöhnt er auch meinen. Unsere Körper zittern und pulsieren aneinander, während wir nach Luft schnappen. Ein richtig animalisches Knurren kommt aus Kyles Kehle, bevor er über mir zusammenbricht.

Eine Weile bleiben wir so verschlungen liegen und ich traue mich nicht, mich zu bewegen, weil ich den Augenblick nicht zerstören will. Irgendwann höre ich jedoch Brightwater und Torres vor der Tür sprechen, dann ist der Moment auch schon vorbei. Ich hatte vollkommen vergessen, dass sie draußen Wache stehen.

Kyle rollt sich vom Bett und steht auf. Er streicht mit der Hand über meine Wange, bevor er im Bad verwindet. Kurz darauf höre ich die Dusche angehen. Ich bleibe noch kurz liegen, dann stehe ich auf, reinige mich grob und sammle meine neue Kleidung ein.

Die Dusche wird abgedreht. Kyle kommt nackt, mit nassem Haar ins Zimmer und ich kann mich nicht satt sehen an ihm. Scham und Befangenheit sind in seiner Gegenwart Fremdwörter für mich.

«Ich muss los May. Robert sitzt mir im Nacken. Ich kann mir gerade keinen Fehler leisten.»

Mittlerweile ist er angezogen. Ich schließe zu ihm auf und lege ihm die Arme um den Nacken. «Und was passiert mit mir?»

«Du bleibst hier bei Joe und Javier. Ich muss mich konzentrieren können und das geht nur, wenn ich keine Angst um dich haben muss.»

Ich nicke, dann küssen wir uns kurz. «Bin bald wieder da», sagt er und stürmt zur Tür hinaus.

30.

Cyril, heute

Ich hätte darauf wetten können, dass Robert heute in Alexanders Büro darauf warten wird, dass er zur Arbeit erscheint. Und im Gegensatz zu Roberts Wettglück hätte ich wirklich gewonnen.

«Du tust mir weh», zischt Violett und ich lockere meinen Griff um ihren Arm ein wenig. «Entschuldige Schatz. Ich bin nur etwas nervös, weil ich Big Bird zufriedenstellen will.» Ich muss nur diesen dämlichen Namen fallen lassen und schon wird sie gehörig.

Macht und Geld, die einzigen zwei Dinge, die Violett wirklich etwas bedeuten. Dieses Weib wird schon feucht, wenn sie Münzen klimpern hört. Aber wer wäre ich, mich darüber zu beschweren. Nichts macht Menschen zu einem besseren Werkzeug als ihre eigene Gier. Sie freut sich schon darauf, Big Bird kennenzulernen. Fast so sehr wie ich mich freue.

Ich höre, wie die Tür zu Alexanders Büro geöffnet wird. Die beiden begrüßen sich. «Rutherford.»

«West.» Wüsste ich nicht, dass diese sinnlose Streiterei bald vorbei ist, käme ich aus meinem Versteck und ginge

229

dazwischen, nur, um mir das Gezeter nicht mehr anhören zu müssen. Sie lassen sich beide von Maloya ablenken und dennoch tun sie so, als hätte die Frau keine Bedeutung für sie. Lächerlich und unprofessionell ist das.

«Was willst du West?», fragt Alexander hörbar genervt.

«Eine Information.»

«Welche?» Herrgott! Kommt doch endlich auf den Punkt. «Wenn ich dem GPS Tracker in deinem Wagen folge und bei dem Hotel bin, finde ich dort dann Maloya?»

«Nein, aber du findest dort den Ort, an dem ich übernachtet habe.»

«Passt dir dein Haus nicht mehr?» Gut, das reicht. Ich kann mir dieses Kinderspiel nicht ewig anhören. In ein paar Minuten werden sie merken, dass ich im Namen der Geschäftsleitung all die unbeteiligten West Imports Mitarbeiter gebeten habe, zu Hause zu bleiben. Mir bleibt also nicht mehr viel Zeit.

Ich gebe Violett einen kleinen Schubs, damit sie in die Gänge kommt. Sie geht um das Regal herum und unterbricht die zwei Streithähne. «Wir haben ein Problem», sagt sie. «Was?», fragen beide grob. «Eine der Schlampen hatte Cocoloa-Fieber.» Cocoloa? Die perfekte Schauspielerin und erfinderisch noch dazu. Sie lässt den Satz einfach so im Raum stehen, damit wirkt er bedrohlich.

«Was ist das?», fragt Robert.

«Eine seltene und sehr einfach übertragbare, tropische Krankheit. Man kann sich durch Tröpfchen anstecken. Ich weiß nicht genau, wie weit das schon gegangen ist. Vermutlich hat sie auch schon ein paar unserer Kunden angesteckt. Wir werden uns das genauer ansehen müssen.» Robert flucht.

«Ich war gerade beim Tropeninstitut und habe die Impfungen dazu geholt. Wir werden sie gleich machen müssen, wie damals wegen Malaria. Wenn unsere Zahlen stimmen, dann reicht der Impfstoff für drei Frauen, einschließlich der Quelle, nicht. Wir müssen noch besprechen, wer darauf verzichten muss.»

«Ich kann mir den Impfstoff sonst auch aus einem anderen Tropeninstitut holen», schlägt Alexander vor. Ob er etwas ahnt? Wäre schon möglich, immerhin weiß er, dass Robert verdammt sauer ist.

«Das kannst du später noch, falls es wirklich nötig ist. Ich denke, dass wir genügend haben, um die Frauen zu impfen, die sich noch lohnen. Jetzt kommt erst mal runter. Ich will mit euch anfangen. Cyril und ich haben es schon hinter uns.»

Ich höre Gemurmel, das Schließen der Jalousien am Fester des Büros, dann wird der Kopierer beiseitegeschoben. Ich warte kurz, dann folge ich ihnen so leise wie möglich. Hoffentlich ist das Ganze schnell durch. Ich brauche dringend eine Zigarette.

Gerade als ich mich durch den kleinen Durchgang bücke, höre ich Violetts Stimme von unten. «Was soll das? Nimm sofort die Knarre runter!» Sie wird wütend. Anscheinend fühlt sie sich sicher, mit mir als Rückendeckung. Ich gebe ihr geistig einen letzten Pluspunkt.

«Ich bekomme Roberts Spritze», befiehlt Alexander. Er ist klug. Vermutlich denkt er, Robert wolle ihn töten lassen. Allerdings aber doch nicht so klug, die Zusammenhänge komplett zu erkennen. «Ja, ist ja gut. Jetzt nimm schon das verdammte Ding weg», sagt Violett.

«Pussy!» Robert lacht über Alexander, dann wird es eine Weile still. Ich muss mich zwingen, stillzustehen, bis mich Violett endlich erlöst. «So, alles erledigt.» Vorsichtig steige ich die Treppen runter. «Und war doch gar nicht so schlimm.» Ergänzt sie in Nanny Stimme, als ob sie mit Kindern sprechen würde. Ich kann förmlich vor mir sehen, wie sie dabei durch Alexanders Haare streicht.

Was für ein Jammer. Es wird sie sicher reuen, dass die beiden sterben müssen, ohne dass sie jemals von ihnen profitieren konnte. Obwohl, bei Robert bin ich mir nicht so sicher, dass er immer die Finger von ihr lassen konnte. Schlussendlich aber, spielt das alles keine Rolle. Das ist genau der Grund, weshalb ich erfolgreich bin und sie nicht. Ich lasse mich nicht von Kleinigkeiten abhalten.

Maloya ist irgendwo draußen und vermutlich denken schon alle Behörden, dass ich ein OWL Mitglied bin. Wenigstens nur das. Aber sie suchen sicher nach mir. Es wird wieder mal Zeit, alle Brücken abzureißen.

Langsam gehe ich nach unten, ins Aufenthaltszimmer der Wachen. Alexander ist bereits in sich zusammengesackt, während Robert noch zuckt und mich entgeistert ansieht. Er versucht, sich vom Boden aufzurichten, bricht dann aber zusammen und bleibt liegen. «Na das ging ja zügig», lobe ich Violett.

«Frauen und Gift, weißt du», säuselt sie und wirft die leeren Spritzen weg. «Da ist noch was, das ich dir sagen muss.» Ich ziehe Violett mit dem Rücken an mich und genieße das letzte Mal ihren 9'000 Dollar Arsch an mir. Wenigstens der hat sich gelohnt.

Sie schmiegt sich an mich und fragt: «Was denn?» Ich lege meinen Arm um ihre Kehle. «Ich bin Big Bird, die Bank des Bösen, wie man mich auch gerne nennt. Ich hätte dich ja gerne früher eingeweiht …» Sie beginnt zu röcheln und wird immer schwerer. «… Aber du bist so eine geldgeile Schlampe, ich konnte dir einfach nicht trauen.»

Ihr Körper ist schon längst schlaff, aber ich halte sie weiterhin im Würgegriff, bis ich ihr Gewicht nicht mehr stemmen kann. Erst dann lasse ich sie auf den Boden fallen.

Ich setze mich kurz hin, um mich von der Belastung zu erholen und zünde mir eine Zigarette an. Meine Hände zittern von der Anstrengung noch, als ich den Schalldämpfer auf meiner Waffe montiere.

Ein paar Züge später bin ich wieder fit und gut vorbereitet. Ich verlasse den Raum, gehe auf den ersten Wachposten zu. «Guten Mor-», weiter kommt Dan nicht. Dummerweise knallt sein Kopf, beziehungsweise das, was noch davon übrig ist, an die Tür eines Arbeitszimmers. Anscheinend sind darin zwei Weiber, denn sie beginnen zu schreien. Welcher Nichtsnutz denen wohl erlaubt hat, dort drin zu schlafen? «Klappe! Sonst seid ihr auch gleich tot!» Sie geben sofort Ruhe.

Schnell gehe ich um die Leiche herum, bevor die Blutlache zu groß wird. Eigentlich war das eine Fehlüberlegung, ich hätte hinten beginnen sollen, dann müsste ich hier nicht aufräumen. Ich schleife seinen Körper in eines der Arbeitszimmer, nehme dort ein Kissen, befeuchte es und dann wische ich damit das Blut vom Boden auf dem Flur.

Danach gehe ich den Korridor entlang an den Arbeitszimmern vorbei, die Treppe runter, ganz nach hinten zu Hector. Er grüßt mich, offensichtlich froh, dass in ein paar Minuten seine Ablösung kommt. Ich befreie sein Gesicht von diesem hässlichen Grinsen und lasse ihn einfach liegen. Wenn alles gut geht, kommt ihre Schichtablösung nicht bis hier her.

Ich ziehe seinen Stuhl etwas von seiner Leiche weg und setze mich darauf. Mit einem Glimmstängel im Mund gehe ich noch mal durch, ob ich Martin und Angel gut genug versteckt habe, dass die vier die gleich ihre Schicht antreten, sie nicht gleich entdecken. Ich denke nicht, dass ihr Blut schon aus der Mitarbeitertoilette fließt. Immerhin habe ich mehrere Tücher als Barriere gelegt.

Sobald es Zeit ist, gehe ich oben in Position. Es gibt nichts Schöneres, als das man sich auf die Gewohnheiten der Menschen verlassen kann. Natürlich kommt Joseph als Erster und macht sich gleich auf den Weg zu den Toiletten. Dauernd muss er scheißen und immer benutzt er dafür die Einrichtung in der Lagerhalle oben. Da der OWL Schichtwechsel immer vor dem Betrieb von West Imports vonstattengehen muss, fällt es niemandem auf. Aber dennoch, ist es ihm strikt verboten, sich länger als nötig hier oben aufzuhalten. Er ist genauso wie Chad, der musste auch früher hochkommen und ausgerechnet dann wird er auch noch von Maloya gesehen. Alles Amateure.

Mit Genugtuung schieße ich ihm in den Rücken, während er zur Türklinke greift. Jetzt kann ich nur hoffen, dass die Zeit reicht. Ich steige auf den Gabelstapler und fahre ihn als Sichtschutz vor seine Leiche und die Tür.

Danach schaffe ich es gerade noch runter, bevor auch schon die Tür aufgeht. Roy und Feast kommen zusammen rein. Ich schaffe es nur knapp, beide zu erledigen, bevor

Roy seine Waffe abfeuert. Zum Glück habe ich zuvor noch mein Magazin aufgefüllt. Er war verdammt schnell. Um ihn ist es fast schon schade. Aber es lassen sich auch anderswo gute Mitarbeiter finden.

Ich lasse die beiden auf der Treppe liegen und gehe hoch. Oben kommt mir Jose entgegen, wie ein Geschenk des Himmels. Ich drücke ab, erwische aber nur seinen Arm. Über ihm stehend schieße ich noch zweimal, dann ziehe ich ihn gleich ins Büro, wo ich ihn die Treppe runterstoße.

Nun muss ich nur noch Martin, Angel und Joseph herunterschaffen. In einem Anflug von Weisheit hieve ich sie auf eine Palette und fahre sie dann mit dem Stapler vors Büro. Einen nach dem anderen zerre ich sie durch den Durchgang.

Danach brauche ich wieder eine kurze Pause und genehmige mir eine Zigarette. Ich hoffe bloß, Harvey von der Security hat die Kameras wirklich alle deaktiviert, bevor ich auch ihn losgeworden bin.

Nachdem ich mich einigermaßen erholt habe, hole ich mit dem Stapler die Kiste mit den Backsteinen und allem anderem. Tja, das hättet ihr mir wohl nicht zugetraut. Ich weiß schon, was alle über mich gedacht haben. Nur weil mein Körper meinen Wohlstand widerspiegelt, heißt das noch lange nicht, dass ich nicht zu körperlicher Arbeit fähig bin.

Ein paar Stunden nach meiner Ankunft sehe ich noch ein letztes Mal auf die frisch zugemauerte Wand zurück. Ich habe die Farbe perfekt getroffen, man merkt den Unterschied überhaupt nicht. Tja, hätte sie das noch erlebt, hätte sie weder über meine Figur noch über den handwerklichen Beruf, den ich mal erlernt habe, gelacht.

Falls die Polizei jemals in die versteckten Räumlichkeiten findet, sind dort nur noch Leichen. Auch die Schlampen werden bis dahin verhungert sein.

31.

Grata, heute

Weit weg von meiner Zelle beginnt wieder ein Aufruhr. Ich höre Schreie, dann brüllt jemand und plötzlich ist wieder alles still. Das war's also. Sie werden mich holen kommen. Alles, was ich fühle, ist Entschlossenheit. Ich habe keine Angst mehr.

Ich werde nicht um mein Leben betteln!

Diesen Gedanken halte ich mir immer wieder vor Augen, während ich alle gesammelten Kleider und Strickwerke aus den behelfsmäßigen Verstecken hole. Ich spielte diesen Moment schon so oft im Kopf durch, dass ich jeden Handgriff kenne, als hätte ich das Tausende Male gemacht.

238

32.

Diesen Ort an dem alle Menschen, die ich liebe, von mir fortgerissen werden, bezeichnet man wohl allgemein als Leben.

Maloya, heute

Vor den Fenstern wird es langsam dunkel und wir haben noch immer nichts von Kyle gehört. Ich versuche, mir wirklich keine Sorgen zu machen, aber das ist praktisch unmöglich.

Nachdem ich Torres zum dritten Mal beim Poker alle Skittles abgenommen habe, lenkt mich auch das nicht mehr ab. Abgesehen davon kann ich ihm ansehen, dass auch ihm das Ganze nicht behagt.

Ich bin nicht die Einzige, die sich fragt, weshalb sich Kyle noch nicht gemeldet hat. Sie vertrösten mich zwar damit, dass er ein ausgezeichneter Agent sei und gut auf sich aufpassen könne, aber ich weiß nun mal auch, was für ein ausgezeichneter Manipulator Rob ist.

«Du siehst aus als hättest du in eine Zitrone gebissen. Was denkst du?», fragt mich Torres, während wir die Skittles wegräumen. Er versorgt sie in der Packung, ich sie in meinem Mund. «Ich habe mir nur gerade gedacht, dass ich OWL von den Opfern bis zur Spitze beängstigend gut kenne. Und das, obwohl ich mir bis vor Kurzem nicht mal sicher war, ob es sie überhaupt noch gibt.»

Ich nehme ihm die Packung ab und schüttle die restlichen süßen Drops raus. «Du solltest dir darüber nicht den Kopf zerbrechen. Du wirst vor den Gerichtsverhandlungen noch genügend damit konfrontiert. Soviel ich weiß, ist der Staatsanwalt stinksauer. Er wird sich keinen Anklagepunkt entgehen lassen. Vermutlich wird er Stunden mit dir verbringen wollen, um möglichst viel aufzudecken. «Mir soll's recht sein», sage ich mit vollem Mund.

«Ich sehe mal kurz nach Joe.» Torres verlässt das Zimmer. Ich setze mich aufs Bett, nur um dann gleich wieder aufzustehen und um den kleinen Tisch herumzugehen. Ich kann mich jetzt nicht setzen. Was ist, wenn Rob mich doch irgendwie geliebt hat und Kyle deswegen tötet?

Gemeinsame Momente von Rob und mir kommen hoch, wie in einem Film. Ich sehe uns in der Küche stehen, er hält mich in seinen Armen. Dann sehe ich uns auf der Couch, wie ich auf seinem Schoß sitze und er mich beruhigt. Die Küsse. Hat ihm das wirklich nichts bedeutet? Es ist so unglaublich schwer vorstellbar. Und warum hat er mich geholt, zu Cyril gebracht und mir das Gefühl gegeben, in Sicherheit zu sein? Er hätte mich aus der Stadt fahren und dort ermorden können. Aber ich glaube, genau das konnte er nicht. Zumindest will ich daran glauben.

Es klopft an der Tür. «Ja», sage ich, weil ich angewiesen wurde, mich so hinzustellen, dass man mich nicht durch die geöffnete Tür sieht. Brightwater kommt rein und seine Miene ist noch finsterer als sonst. Meine natürliche Reaktion auf diesen Gesichtsausdruck – einen Schritt zurückzutreten. Er schließt die Tür hinter sich. «Wir brauchen deine Hilfe. Lyncoln hat ein paar Informationen eingeholt, weil die Situation heikel ist und Kyle sich nicht wie vereinbart gemeldet hat. Anscheinend hat die Logistik Divison von West Imports heute geschlossen. Wir beobachten das Gebäude seit drei Stunden, aber es tut sich nichts. Gar nichts.» Torres Stimme dringt von draußen rein. «Das ist verdächtig, weil die Räumlichkeiten von OWL unter der Lagerhalle liegen.»

«Vor zwanzig Minuten hätte Schichtwechsel der Wächter sein müssen, aber niemand kam oder ging», erklärt nun wieder Brightwater. Ich höre ihnen zu, aber alles, was bei mir hängen bleibt ist: Die Räumlichkeiten sind unter der Lagerhalle. War ich die ganze Zeit über dort? Haben die mich von Juarez in die Staaten verfrachtet?

«Es ist bereits ein Team vor Ort. Lyncoln wird uns gleich abholen, denn wir brauchen dich dort. Es gibt nur einen Zugang und gemäß Kyle liegt er hinter einem Kopierer in seinem Büro. Das Team findet dort keinen

Kopierer. Sie haben schon jemanden losgeschickt, der die Überwachungsbilder vom Headquarter holen soll, aber ich mache mir keine Hoffnung. Keine Sorge, wir werden dir nicht von der Seite weichen. Dir wird nichts passieren. Bist du dabei?»

So was wie Fürsorge passt überhaupt nicht zu Joe Brightwaters Gesichtsausdruck, aber ich glaube ihm sofort. Sie werden für meine Sicherheit sorgen, auch wenn diese für mich gerade zweitrangig ist. Ich will nur Kyle in Sicherheit wissen und am liebsten auch Grata. Jetzt wo es plötzlich im Bereich des Möglichen liegt, dass sie noch lebt, muss ich ständig an sie denken.

«Ja, bin ich. Ich kann helfen. Ich habe vorhin schon zu Torres gesagt, dass ich OWL von den Opfern bis zur Spitze kenne. Wenn das Lager der Ort ist, an dem auch ich gefangen war, kann ich auch ziemlich genau sagen, wie es dort aussieht.»

Die beiden nicken sich zu, dann verlässt Torres den Raum wieder, um kurz darauf mit einer Schutzweste zurückzukommen. Er hilft mir beim Überziehen und gerade als wir fertig sind, bekommt er auch schon Bescheid. «Er ist da. Wir gehen.» Er rattert noch eine Reihe von Sicherheitshinweisen runter, dann gehen wir los.

Als ich Lyncolns Gesicht durch das Seitenfenster des Wagens erblicke, stiehlt sich doch ein kleines Lächeln auf meine Lippen. Auch ihm geht es so. Nach Torres rutsche ich auf die Rückbank, gefolgt von Brightwater. «Maloya, es tut mir leid, dass wir Sie noch weiter damit behelligen müssen. Dennoch ist es wirklich schön, Sie wiederzusehen», sagt Lincoln. «Ich dachte, wir wären beim Vornamen. Jedenfalls würde ich mich auch freuen, wenn die Umstände anders wären», antworte ich.

Er fährt den Wagen aus der Hotel-Einfahrt und fädelt uns in den Verkehr ein. «Tut mir leid. Du warst am Telefon letztens ziemlich distanziert, also dachte ich, du willst vielleicht einfach Abstand zu den Leuten gewinnen, die dich an damals erinnern. Das wäre keine Seltenheit.» Er hält kurz die Hand hoch, um zu zeigen, dass er noch nicht fertig ist. Vermutlich hört er gerade was über seinen Ohrstöpsel. Ein paar Sekunden später spricht er weiter. «Ich hätte am Telefon anders reagieren sollen, aber ich war unvorbereitet. So habe ich dich nur noch mehr misstrauisch gemacht.»

Hätte es wirklich etwas geändert, wenn er so getan hätte, als wisse er Bescheid? Die Wahrheit ist wohl nein. Dafür habe ich Rob zu sehr vertraut.

«Du hättest nichts ändern können. Tut mir leid, dass ich so komisch war, aber ich war einfach wahnsinnig verwirrt. Rob hat mir dann irgendwas erzählt von wegen, dass Lex, also Kyle, in was Illegales verwickelt wäre und, dass die lokale Polizei über alles Bescheid wisse und so weiter.» *Und dann meinte er, er wolle dem FBI doch noch Bescheid sagen, aber das hast du einfach erfolgreich verdrängt! Nicht mal nachgehakt hast du!*

Lyncoln informiert uns über die Lage vor Ort und versucht krampfhaft, mir keine Angst einzujagen. Vermutlich weiß er nicht, dass ich schon längst über dieses Stadium hinaus bin. Meine Angst gilt einzig und allein Kyle und Grata. *Rodríguez.* Es ist ungewohnt, ihren Nachnamen zu kennen, schließlich wusste sie ihn selbst nicht. Ich bin erstaunt, dass es mittlerweile eine Akte über sie gibt. Vermutlich war das ein Produkt davon, dass ich Lyncoln von ihr erzählt habe. Es ist, als hätte ich nun die Pflicht, sie zu finden und ihr ihren Namen mitzuteilen.

Wir parken hinter mehreren Containern, die beim Lager stehen. Brav in Formation gehen wir in einen der Stahlriesen. Darin stehen drei behelfsmäßige Tische und ein paar Monitore. Etliche Kabel führen raus und verschwinden dann in unterschiedliche Richtungen. Überall stehen Leute herum. Polizisten, typische FBI Agents in Anzügen, Männer mit Kabelrollen und sogar zwei, die eine DEA Schutzweste tragen. «Haben Sie ein Bild?», fragt Lyncoln den Mann vor dem Bildschirm. «Ja, habe ich.»

Er führt mich zu einem Monitor und gibt ihm dann den Befehl, mir das Büro zu zeigen. Das Bild fährt auf Lexs Büro zu. In einer Mischung aus grün und grau sehen wir von unten durch die offene Tür, hoch auf die Möbel. Es muss ziemlich dunkel sein da drin. «Ist das Bild von einem Roboter?», frage ich, obwohl ich die Antwort schon kenne. Es gibt mir allerdings kein gutes Gefühl, dass nicht einfach jemand dort reingeht und nachsieht.

«Ja», sagen der Mann vor dem Bildschirm und Lyncoln gleichzeitig. «Maloya, wo ist der Kopierer?» Ich schließe meine Augen – was in dem ganzen Trubel gar nicht so einfach ist – und rufe mir sein Büro ins Gedächtnis. «An der rechten Wand!», rufe ich. Das Bild wird nach rechts geschwenkt und zeigt den leeren Platz. «Ganz sicher?», fragt mich Lyncoln und ich nicke. «Todsicher.» Wegen meiner Wortwahl, läuft mir ein Schauer über den Rücken.

Sofort beginnen die Männer Befehle runter zu rattern, einer davon ist Zugriff. Ich will aus dem Container an die frische Luft, weil ich die Live-Aufnahmen dazu nicht sehen will. Nach zwei Schritten zieht mich Brightwater allerdings zurück. «Du bleibst hier drin. Das könnte eine Falle sein», erklärt er und hievt mir einen Stuhl heran, sodass ich sitzen und nach draußen sehen könnte. Ich schüttle den Kopf und stelle mich wieder neben Lyncoln, der plötzlich ganz ruhig wirkt, während er konzentriert auf die Bildschirme starrt.

«Maloya, du solltest dir das nicht ansehen», sagt nun Torres. «Ihr könnt mich mal! Wenn ich hier drinbleiben soll, sehe ich mir das mit an. DAS HIER...», ich zeige mit dem Finger auf den Bildschirm, «ist mein Leben.

Zumindest war es das, bis Kyle sich dazu entschieden hat, mich retten zu lassen. Ihr habt euch das zwei Jahre lang angesehen und ich soll jetzt wegsehen, wenn die Chance besteht, dass endlich alles vorbei ist?» Erschrocken über meinen Wutausbruch, schnappe ich nach Luft. Sobald die Worte raus sind, tun sie mir schon wieder leid, aber dennoch ist etwas Wahres dran. *Du wirst dich nicht dafür entschuldigen!*

Die Agents nicken und wenden sich dann wieder den Bildschirmen zu, nur Brightwater sieht mich noch an und lächelt. Er reckt den rechten Daumen hoch, dann dreht auch er sich wieder den Bildschirmen zu. Offensichtlich haben sie darauf gewartet, dass mir der Kragen platzt. Sie sind sich das vermutlich gewöhnt.

Mittlerweile sind auf den drei Bildschirmen diverse Bilder zu sehen. Auf dem größten davon, sieht man wie zwei Männer mit einem Rammbock auf den unteren Teil der Wand schlagen, wo schon ein kleines Stück fehlt. Nach zwei weiteren Hieben fällt ein großes Teil der Mauer nach hinten weg.

Nun stehen mehrere Männer vor dem Durchbruch. Ich erkenne nicht, was sie tun, bis alle zurücktreten und einer beginnt, etwas, das wie Linoleum aussieht, vom Boden zu schneiden. «Das war da nicht. Der Boden ist aus reinem Beton», sage ich.

Die Agents wechseln einen Blick, der für mich etwa so zu deuten ist: «Mir gefällt das nicht.» Ich verstehe, was sie meinen. Es sieht so aus, als hätten sie die Zelte hier abgebrochen. Wenigstens kennt man mittlerweile ihre Gesichter, ich kann mir nicht vorstellen, dass es einfach wird für sie. Außer, sie sind schon in Mexico.

Die Männer in der Halle heben eine Platte vom Boden auf und legen damit eine Treppe frei. Es wird mit Fingern gewedelt, dann sehen wir nur noch die Schutzweste eines Vordermanns. Der Computermann wechselt so schnell durch die Bilder, dass ich überhaupt nichts erkenne, bis er plötzlich stoppt. Nun sehen wir wieder die Treppe und darauf liegen Menschen. *Oh Gott!*

«Sind sie tot?» *Natürlich sind sie es. Wieso fragst du das überhaupt.* Torres nimmt mich an den Armen und will mich hinter die Tische bringen, aber ich schlage seine Hände weg. Es ist mehr eine Gewohnheit von früher, als dass ich mich ihm widersetzen will, aber er lässt mich. Ich konzentriere mich darauf, meine Atmung zu kontrollieren und den Agents nicht auf die Nerven zu gehen.

Die Männer auf dem Bild steigen über die drei Körper und sammeln sich unten wieder an der Wand. Sie biegen um die Ecke und gehen den Flur entlang. «Rechts neben ihnen sind die Arbeitszimmer», sage ich mit einer Stimme, die nicht zu mir passen will. Ich klinge wie ein Roboter. *Ich*

habe schon hunderte Male über meinem Verlies gestanden.
Vielleicht sogar über Grata.

Lyncoln gibt meine Infos durch, während Torres mich anstarrt, als würde ich jeden Moment umkippen. Vielleicht tue ich das ja auch. Aber bis es so weit ist, konzentriere ich mich auf die anderen, kleineren Übertragungen. Ein paar Männer stürmen die Zimmer. Irgendwo holen sie zwei Frauen raus. Keine davon ist Grata.

Plötzlich geht alles so wahnsinnig schnell, dass ich gar nicht nachkomme. Die Männer auf dem großen Bild gehen weiter vor, biegen um die Ecke und steigen die Treppe runter. «Dusche», kommentiere ich automatisch, während sie daran vorbeikommen. Ein paar Schritte weiter: «Verliese» Wieder gibt Lyncoln alle meine Infos weiter. Mindestens die Hälfte aller Augen sind auf mich gerichtet.

Die Männer kommen am Ende des Ganges an. Wie damals, befindet sich auch jetzt ein Wachmann dort. Allerdings liegt er tot am Boden. Ich bin mir zumindest ziemlich sicher, dass er nicht mehr lebt, wenn ich die Blutlache um ihn herum sehe. Dort angelangt, drehen sie wieder um und beginnen, die Räume zu stürmen.

Plötzlich sehen mich alle an. Nicht nur Javier und der Computermann, die mich schon die ganze Zeit beobachten, sondern wirklich alle. Hastig suche ich die Monitore nach einem Hinweis dafür ab, weshalb sie mich ansehen, aber dann werde ich auch schon von Brightwater gepackt. Er fackelt nicht lange. Seine Arme um mich gelegt, hebt er mich einfach hoch und trägt mich in die Ecke hinter den Monitoren. Dort lässt er mich zwar wieder runter, versperrt mir aber den Weg zurück.

Auch von Lyncoln fällt plötzlich jede Ruhe ab. «Kann mir das jemand bestätigen?», brüllt er in sein Funkgerät, dann ist es still. Niemand sagt was und so wage auch ich nicht zu fragen.

Die Agents müssen irgendwas über ihre Ohrstöpsel gehört haben, denn nun kippt die Stimmung. Lyncoln bläst laut die Luft aus, bevor er sich auf den Stuhl fallen lässt. Brightwater sinkt neben mir der Wand entlang zu Boden. Eigentlich könnte ich jetzt aufstehen und vor die Bildschirme rasen, aber ich bin gelähmt von einer schlimmen Vorahnung.

Ich sehe von Gesicht zu Gesicht und die Ahnung in meinem Inneren wird immer deutlicher. Von allen hier drin ist mir Lyncoln am vertrautesten, aber ich will ihm diese Last nicht aufbürden, also sehe ich Brightwater an. Ich lasse ihn nicht mehr aus den Augen, bis er endlich spricht. «Sie haben Kyle gefunden.» Wir blinzeln beide nicht. «Er ist tot.» Es ist Lyncoln, der den Satz zu Ende spricht.

Er ruft ein paar Befehle in seinen Funk, dann setzt er sich zu uns an die Wand. Ich … will ausrasten oder weinen oder schreien oder jemanden schlagen, aber nichts passiert. Wir sitzen da und es passiert einfach nichts. Aber ich weiß, was mich noch zusammenhält. Ich weiß, an welchem seidenen Faden mein Verstand hängt.

«Grata?», frage ich mit meiner Roboter-Stimme. Der Computermann sagt: «Moment noch.» Und den gebe ich ihm. Ich sitze ruhig am Boden, eingepfercht zwischen zwei Apparaten von Männern, aber es macht mir nichts aus. Sie ängstigen mich nicht. Meine schlimmsten Befürchtungen sind schon eingetroffen.

Meine Augen brennen, weil ich sie nicht schließen will. Nicht mal blinzeln will ich, weil ich mich vor den Bildern fürchte, die ich dann sehen könnte. Eigentlich will ich gerade auch nicht atmen, aber es ging selten darum, was ich wollte.

«Duval?», fragt der Computermann, gefolgt von: «Gehen Sie zurück und identifizieren Sie sie!» Danach bleibt es wieder bedrückend still. Keiner von uns bewegt sich. Ich spüre Joes Knie an meinem Bein, egal.

In der Ferne kommt Sirenengeheul auf. Damals hätte ich mich über den Klang gefreut. Lange Zeit habe ich darauf gewartet, dass das OWL endlich zerschlagen wird und nun trage ich den Preis dafür. Kyle trägt den Preis dafür. Und seine Familie. Eine einzelne Träne entrinnt mir und kullert über meine Wange. Sofort wird es bitterkalt, dort wo die nasse Spur entlangführt. Seit dem

Sonnenuntergang muss es abgekühlt haben. Oder es ist die Kälte in mir.

Die Sirenen heulen. Sanitäter stürmen an unserem Container vorbei. Dabei brauchen sie nicht zu rennen. Es ist zu spät.

Ich weiß nicht, wie lange wir drei so dasitzen, aber irgendwann legt Torres Decken über uns. Lyncoln schüttelt den Kopf und steht auf. «Wie viele konnten befreit werden?», fragt er, wieder ganz in seinem Befehlston. Irgendjemand ruft ihm «siebenundzwanzig» zu, dann verschwindet er aus dem Container.

Siebenundzwanzig. So viel ist dein Leben also wert.

Eine Weile später – Brightwaters Knie zittert an meinem, während die Metallwände ihre Kälte in uns übertragen – kommt Lyncoln zurück. Er drückt uns je einen Becher Kaffee in die Hand, dann setzt er sich wieder zu uns auf den Boden. «Maloya?» Mein Kopf dreht sich zu ihm, aber meine Gedanken wenden sich ab. *Bitte sag mir, dass das alles ein Missverständnis ist. Ein schlechter Traum. Oder sag mir, dass wenigstens Grata noch lebt.* Aber natürlich weiß ich, dass das alles nicht passieren wird. Das hier ist die Realität. Diesen Ort an dem alle Menschen, die ich liebe, von mir fortgerissen werden, bezeichnet man wohl allgemein als Leben.

«Grata Rodríguez hat sich, so wie es aussieht, mit ihrer Kleidung in der Zelle erhängt. Es tut mir leid.» Seine

251

Stimme ist fest, nicht so brüchig wie mein Verstand. Ein Teil von mir will etwas sagen, aber es kommt mir nichts über die Lippen.

Ich halte den Kaffeebecher an meine Wangen, weil der nun unablässige Strom an Tränen, sie noch mehr auskühlen. Nun sieht Lyncoln zu Brightwater rüber. «Es sind alle Mitglieder tot, bis auf Cyril Heavering. Ihn können wir nicht finden.» Er nickt und legt seine eiskalte Hand in meine. «Komm, wir müssen in die Wärme.»

Er steht auf und zieht mich hoch. Meine Beine sind so durchgefroren, dass ich kaum auf ihnen stehen kann. Lyncoln wickelt die Decke um mich und sagt: «Bis später», dann nickt er Brightwater zu. Der führt mich aus dem Container zu einem Streifenwagen, von dem wir wiederum zum Field Office gebracht werden sollen. Zumindest erklärt er das dem Polizisten so. Der Officer sieht mich an wie einen geschlagenen Hund, dann öffnet er uns die Tür.

Wir sitzen beide auf der Rückbank und starren stumm nach vorne, als Brightwater die Stille durchbricht. «Ich war mit ihm zusammen auf der Academy. Wir haben praktisch alles zusammen gemacht. Ich habe mich um seine Familie gekümmert, wenn er Undercover war und umgekehrt. Und jetzt … ist er weg und du bist ein Teil seiner Familie. Was ich sagen will ist: Wenn du etwas brauchst, bin ich da.»

Abwesend nicke ich. «Tut mir leid.» Es sind meine ersten Worte seit Stunden und ich meine sie ernst. Ich weiß, dass auch er leidet, aber viel mehr als diese Worte und ein kurzes Drücken seiner Hand, bringe ich nicht zustande. Mein Geist hat sich in einen kleinen Raum zurückgezogen, ihn mit Polstern abgedichtet und kauert nun dort in der Ecke. Er weiß sehr wohl, dass da draußen eine Welt ist, aber genau deshalb, versteckt er sich in diesem Raum. Denn in dieser Welt da draußen gibt es niemanden mehr. Nichts, wofür es sich lohnen würde, wieder aus dem Raum zu kommen.

33.

Maloya, zwei Monate nach Kyles Tod

Liebster Kyle

Mein Verstand hat sich getäuscht. Das erkannte ich auf der Toilette meiner neuen Wohnung, in Orlando. Ich hätte es schlechter treffen können, immerhin kann man im Zeugenschutzprogramm überall landen, selbst in Alaska, aber meine Umgebung war mir dahin egal.

Es tut mir leid, dass ich bis jetzt nie zu dir gesprochen habe. Dabei habe ich damals ständig zu meinen Eltern gesprochen, nachdem sie gestorben sind. Ich glaube, ein Teil von mir ist unter der Lagerhalle mit dir gestorben. Ein großer Teil. Mir war damals aber noch nicht bewusst, welches neue Leben du mir eingehaucht hast.

Ganz richtig. Ich trage dein Kind in mir. Es wird wunderschön, klug und ein Held, wie sein Vater. Ich würde dir gerne sagen, dass deine Arbeit vollendet ist und der Investor hinter Gittern ist, aber leider wird daran noch gearbeitet. Sie sind jedoch zuversichtlich, dass deine Mühe sie nun schnell voranbringt.

Ich weiß nicht, was schnell beim FBI heißt, du wüsstest es garantiert, aber ich hoffe, dass unser Kind frei sein kann. Freier,

als ich es je war. Es soll mit deiner wundervollen Mutter, deinem
großherzigen Bruder und seiner bezaubernden Frau aufwachsen
können. Ich hätte verstanden, wenn sie wütend auf mich gewesen
wären. Hätte die Schuld getragen, so wie es sich gehört. Aber
deine Familie ist der Inbegriff von edelherzig. Sie haben mich
aufgenommen und mir ihre Liebe geschenkt, auch wenn ich noch
nicht dazu bereit war, sie zu fühlen. Am liebsten hätten sie mich
dortbehalten und gar nicht ins Programm gehen lassen. O Kyle,
ich wünsche mir so sehr, dass unser Kind mit deinem Neffen
spielen kann.

Bei dieser Gelegenheit will ich dir auch sagen, wie gut sich Joe
um mich und deine Familie gekümmert hat. Er hat mir sogar
angeboten mit ins Programm zu kommen, aber ich habe
abgelehnt. Er sollte nicht sein Leben aufgeben, um die leere Hülle
einer Frau zu begleiten. Er sollte selbst eine Familie gründen, er
wäre sicher genauso ein liebevoller Vater, wie du es wärst.

Nein, ich bin nicht traurig, dass ich gerade nicht an deinem
Grab stehen kann. Ich bin traurig, dass ich bis auf Weiteres so
weit von deiner Familie und allen die dich lieben weg bin, aber
nicht wegen eines Steins, der über deiner Hülle prangt. Ich ziehe
es vor, hier am Strand zu sitzen und über das Meer
hinauszuschauen. Deine Mutter hat mir gesagt, wie sehr du den
Ozean geliebt hast.

Nun bin ich also hier bei dir und fühle mich dir so unglaublich
nahe. Ich wünsche, ich könnte unserem Kind später mehr über
uns erzählen, aber leider war unsere Zeit beschränkt. Eines

jedoch, werde ich ihm sagen können und ich das werde ich oft. Ich werde unserer Frucht ununterbrochen sagen, wie sehr ich sie liebe, denn ich habe es versäumt, dir zu sagen, wie sehr ich dich liebe. Wenn ich mir einen Augenblick zurückwünschen könnte, dann vermutlich diesen einen. Als du mich mit deinen silbergrauen Augen angesehen und mir die drei wertvollsten Worte überhaupt gesagt hast. Ich wünschte, ich hätte dir damals gesagt, dass ich dich auch liebe. Aber sei dir gewiss, unserem Kind sagte ich die Worte bereits, als ich vorhin auf den Test sah.

Nun mache ich mich auf den Weg. Ich werde jetzt wieder gewissenhafter essen und auf meinen Körper aufpassen müssen. Es wird Zeit für mich, wieder ins Leben zurückzukehren, auch wenn ich dich schrecklich vermisse.

Pass auf dich auf und spiel ein bisschen mit Wilt Chamberlain, er wird sich über deine Gesellschaft freuen.

Ich liebe dich!

Er wird bunt sein und nach Erdbeeren riechen.

34.

Maloya, sieben Monate nach Kyles Tod

Liebster Kyle

Nach all den langweiligen Geschichten, die ich dir erzählt habe, gibt es endlich, endlich gute Nachrichten. Wir können nach Hause! Cyril wurde vor drei Wochen bei der Verhaftung tödlich verletzt. Sie mussten viel klären, um sicher zu sein, dass wir nicht mehr in Gefahr sind, aber endlich ist es soweit.

Deine ungeborene Tochter und ich wurden nun von Joe abgeholt und gerade nach Houston, zu deiner Familie gebracht. Sie können es gar nicht erwarten, uns wiederzusehen. Kein Wunder, wurde aus dir so ein bewundernswerter Mann, deine Familie ist bezaubernd. Sie werden uns erst mal aufnehmen und dann sehe ich weiter.

Im Moment könnte ich sowieso nicht arbeiten. Deine Tochter macht mir ziemlich zu schaffen, aber wir kommen schon zurecht. Ich sage ihr, so oft es geht, wie sehr ich sie liebe.

Nun werde ich wohl das erste Mal dein Grab sehen. Ich werde dir schnellstmöglich einen Donut bringen. Er wird bunt sein und nach Erdbeeren riechen. Ach, ich vermisse dich so sehr. Mir ist nie aufgefallen, wie oft wir uns bei West Imports gesehen oder gesprochen haben.

Jenny kommt mich bald in Houston besuchen. Auch ihre Eltern haben sich schon angekündigt. Sie war sehr betroffen, als ich plötzlich untertauchen musste. Auch Lyncoln hat sich angemeldet, aber ich glaube, er braucht noch eine Weile für sich. Joe sagt, er hätte sich sehr zurückgezogen. Vermutlich fühlt er sich schuldig. Ich werde sehen, was ich für ihn tun kann.

Ich habe mir überlegt, unsere Tochter Alexandra zu nennen. Hoffentlich ist deine Familie damit einverstanden. Sie kannten Lex nicht, aber hätten sie ihn gekannt, hätten sie ihn genauso geliebt wie Kyle. Deine Freunde vom FBI haben mir viel darüber erzählt, wie schwierig Undercover Arbeit für das eigene Leben und die eigene Identität ist. Sie haben größten Respekt vor deiner Leistung.

Joe sagte mir, du hättest dich als Lex gehasst. Tausende Male bin ich alles durchgegangen, was du je zu mir gesagt hast. Ich weiß, du hast mich nie belogen und mich stets respektiert. Deine Opferbereitschaft rührt mich zutiefst. Wenn du auch nicht alle meine Fragen beantworten konntest, so hast du stets alles getan, um mich in Sicherheit zu wahren.

Mittlerweile weiß ich, wann Lex und wann Kyle zu mir gesprochen hat. Ich weiß, wer der beiden mich wann berührt hat. Und beide haben einen Platz in meinem Herzen. Lex war nicht skrupellos, wie er das eigentlich hätte sein müssen. Er ließ nur alle im Glauben, so zu sein. In Wahrheit war er sehr viel mehr wie du, als du vielleicht denkst. Du hast in den zwei Jahren über fünfzig Frauen gerettet, siebenundzwanzig allein am Tag deines

Todes. *Du solltest Lex nicht hassen. Er war genauso ein Held, wie du es warst, nur eben auf seine Art.*

Wir kommen gerade vor dem Haus deiner Mutter an. Sie läuft schon durch den Garten auf uns zu. Ich melde mich bald wieder.

Ich liebe dich!

Ihr seid meine Luft, mein Sinn und der Funke in meiner Seele.

35.

Maloya, 14 Monate nach Kyles Tod

Liebster Kyle

Ich habe dir doch letzte Woche erzählt, dass andere Babys schon kurz aufsitzen können? Tja, unsere Tochter Alexandra kann noch viel mehr: Sie dreht sich schon von allein! Gestern habe ich sie kurz auf der Picknickdecke im Garten allein gelassen und schon lag sie auf dem Bauch. Nun dreht sie sich ständig. Ich konnte es nicht lassen, sie die ganze Nacht zu beobachten. Ich wünschte du wärst hier und könntest unser kleines Wunder sehen. Ach was, vermutlich beobachtest du uns von da oben und schmunzelst dabei.

Gestern sind übrigens Gratas Eltern hier angekommen. Wir haben uns gleich getroffen und stundenlang geweint. Ich habe mir lange darüber Gedanken gemacht, was ich ihnen sagen werde. Natürlich habe ich ihnen erzählt, zu was für einer großartigen Frau ihre Tochter geworden ist. Aber ich war mir nie sicher, was ich ihnen von unserer Gefangenschaft erzählen soll. Dann habe ich noch mit Jennys Eltern gesprochen und mir wurde klar, wie schmerzhaft es für sie war, zu hören, was mir zugestoßen ist. Ich will mir gar nicht vorstellen, wie es wäre, wenn es dabei um Alexandra ginge. Also habe ich ihnen erzählt, wir hätten Kleider genäht. Unzählige Kleider. Ich weiß nicht, ob sie mir glaubten, aber sie waren froh zu hören, dass ihre Tochter dort eine Freundin hatte.

Es gibt zwei Neuigkeiten, die du kaum glauben wirst:

Erstens: Ich habe ein Stipendium erhalten, um meinen College Abschluss nachzuholen. Anscheinend ist meine tragische Lebensgeschichte doch zu was gut. Über die Fachrichtung muss ich mir noch Gedanken machen, aber nun weiß ich wenigstens, dass ich gut für Alexandra sorgen kann.

Zweitens: Jenny und Joe sind ein Paar! Sie haben sich hier vor einem halben Jahr kennengelernt und nun sind sie offiziell zusammen. Sie zieht sogar hierher. Ich freue mich so für die beiden. Ein bisschen wird mir auch schwer ums Herz, wenn ich sie sehe.

Noch immer schmerzt der Gedanke, dass wir diese Chance nie hatten. Ich hätte gerne mehr von deinem Zauber erlebt. Du hast das gleiche Leben in mir geweckt wie deine Tochter auch. Ihr seid meine Luft, mein Sinn und der Funke in meiner Seele.

In ewiger Liebe, deine Maloya.

Danksagung

Mein erster Dank geht wie gewohnt zu den Lesern, die dieses Buch gewählt haben. Herzlichen Dank! Ich freue mich riesig, dass Ihr euch für eine meiner Geschichten entschieden habt. Wenn Ihr Lust habt, würde ich mich auch sehr über eine (hoffentlich gute) Rezension freuen. Euer Feedback bringt mich weiter.

Als nächstes Danke ich Manuel für seine treue Hilfe beim Testlesen. Es ist schön, dass ich auf dich zählen kann und keine Angst, das wird sicher nicht mein letzter Thriller sein ;-)

Ein großes Dankeschön geht auch diesmal wieder an meinen Partner, der sich meine Belange zum Buch immer und immer wieder angehört und mich unermüdlich unterstützt.

Dann danke ich allen, die mich beim Finden des Covers und Klappentext unterstützt haben. Ihr wart toll :-)

Wer gerne mehr über mich und meine laufenden Projekte erfahren will, findet mich auf Facebook, Instagram oder www.samanthatamer.com.

https://www.facebook.com/samantha.tamer.author

Mehr von Samantha Tamer

Seit vier Jahren flüchtet sich Andy nun in One-Night-Stands. Es ist sein Weg die dominanten Neigungen auszuleben, ohne seinen Schwur zu brechen, niemals eine andere als seine verstorbene Frau zu lieben. Er trägt die Schuld an ihrem Tod mit sich wie ein Mahnmal, unabhängig davon, dass er alles getan hätte, um ihren Suizid zu verhindern. Sein Versprechen wird allerdings auf die Probe gestellt, als er auf die zurückhaltende Katja trifft. Er kann das geschwollene, blaue Auge, den gequälten Blick und die Fesselspuren an ihren Händen nicht   vergessen. Es ist nicht nur die Sorge um sie, sondern auch seine Neugier als Polizist, die ihm keine Ruhe lassen. Er muss ihre Geschichte herausfinden. Während dessen lernt er jedoch andere Dinge an ihr kennen, die er nicht vergessen kann. Schöne Dinge. Heiße Dinge.

Obwohl es nicht sollte, schlägt auch Katjas Herz höher in Andys Nähe. Doch kann sie sich seiner Dominanz hingeben, obschon ihre Panik sie immer wieder in die Vergangenheit versetzt? Und was wird aus seinem Schwur, niemals eine andere zu lieben?

MEHR ALS EIN *Paar*

SAMANTHA TAMER

Denken Sie, dass Liebe allein genügt?

Die verwitwete Ashley lebt seit sieben Jahren mit ihren Kindern in dieser Straße, als Eric neben sie zieht. Was wie eine Freundschaft beginnt, wird bald zu einer Beziehung, deren Intimität sich aber nur langsam entwickelt.

Zu Beginn ist Ashley froh über das gemächliche Tempo, aber bald schon erwacht in ihr der Wunsch nach mehr. Mehr Intimität, mehr Nähe, mehr Eric.

Es dauert jedoch nicht lange, bis sie merkt, dass er sein ganz eigenes Tempo hat. Um weitere Zurückweisung zu vermeiden, stellt sie ihre Bedürfnisse zurück. Wie lange kann das gut gehen?

Während das Leben um sie herum weitergeht, müssen die beiden ihr ganz eigenes Happy End finden.